空中庭园

直木奖得主
【日】角田光代 著
钟蕙淳 译

湖南文艺出版社
HUNAN LITERATURE AND ART PUBLISHING HOUSE

{目 录}

Contents

家是爱与温暖的源头。

但是，家同时也是酝酿复仇与决裂的心碎之地！

跟踪、谎言、憎恨、外遇的心声、开启秘密的钥匙……

让秘密永远沉睡在心底吧！

{ 导读 }

从无间地狱到无尽祈祷：解读角田光代

新井一二三

才四十岁就已出版了一百多部作品，这样的事情，不是所有作家都能做到的。显而易见，角田光代在日本文坛的成就非常突出。

1967出生于日本神奈川县的角田光代，小学一年级时就立志要当小说家；在高中毕业后，她为了实现梦寐以求的梦想，努力考取了早稻田大学文学系，并积极参加了系里的文艺创作组。那个时候，同为早稻田大学文学系毕业的师兄村上春树在文坛上初试啼声、一鸣惊人，对角田光代的影响相当大。众所周知，早稻田大学校园，就是村上春树经典作品《挪威的森林》里的背景。大学时代的角田光代，除了在课堂上学习文学理论基础，在课余时间撰写着自己的作品、请导师深入指导的同时，她也投身于校园剧团的活动。总的来说，这段青春日子，充实而快乐。

21世纪初的日本文坛，为数不少的女作家曾在20世纪90年代就读于早稻田大学，比如，小川洋子（1962年生，文学系）、恩田陆

（1964年生，教育系）、丝山秋子（1966年生，经济学系）等，其中，角田光代较早出名。1988年，大学三年级的她以“彩河杏”的笔名参加了“集英社”举办的“深蓝文学奖”（Cobalt Novel），并以《儿童午餐，摇滚酱》获得第十一届大奖，从此成为职业作家。集英社于1983年创办了该文学奖，发掘了许多有天分的“青少年文学”作家。比如第三届大奖得主唯川惠、入选第五届佳作的山本文绪等，后来都进入“成人文学”领域，获得“直木奖”。推理小说家桐野夏生也于20世纪80年代写过多部“少女小说”。可见，那个时代的日本青少年文学出版界是“畅销小说家”的推手。尽管在文坛上，“青少年文学”的地位不如“成人文学”。

1988到1990年，角田光代以“彩河杏”的笔名问世的“青少年小说”有七部。大学毕业后第二年，她改变了自己的创作路线，用本名写了短篇小说《寻找幸福的游戏》参加“海燕新人文学奖”，并且得到了大奖。这个“福武书店”举办的文学奖只有短短13年的历史，但依然涌现了不少重量级的纯文学作家，包括第六届大奖（1987年）得主吉本芭娜娜、第七届（1988年）得主小川洋子等。《寻找幸福的游戏》描写了两男一女在东京共同生活组成的虚拟家庭，女主人公并不如愿、虚拟家庭渐渐瓦解的过程。

书中男女主人公都23岁（与作者角田光代同岁），都没有固定的职业。那时的日本大都会经济空前好，于是出现了一批年轻人拒绝“学校毕业后马上就职成熟”的既定道路。时代环境的宽松，使得他们能够轻易找到临时工作，把自由自在的青春日子延长几年，以便寻找“真正的自我”。无固定工作的年轻人虽然不富裕，但是从不愁温饱，甚至能够常常背着背包去海外旅行；日元的兑换率在20世纪80年代中期翻了一番，使得年轻人的自助旅行易如反掌。媒体把他们称为“飞特族”（注：freeters，是把英语中“自由”和德语中的“工人”组合后发明的词，指那些从事自由职业的年轻人）。《寻找幸福的游戏》这种典型的作品，也被称为“飞特文学”。不过，角田光代的作品并不是时代潮流应景之作，而是一开始就包含着非常深刻的主题：年青一代对传统家庭的厌恶。最突出的是，女主人公对母亲的憎恨几乎在每一部作品里都若隐若现。在看起来自由自在、无拘无束的生活中，各个登场人物都甩不掉将会走投无路的恐惧阴影。

20世纪90年代，经济泡沫破裂后，“飞特族”的生活逐渐变得困难。首先，无论走过多少个国家，始终找不到“真正的自我”。其次，一旦拒绝了既定的人生道路，即使想回头也没有路，在死板的日本社会，“飞特族”年纪越大越没有出路。1992年和1993年，角田光代前后三次被 “芥川奖”提名，但每次都空手而归。从1991年成为纯文学作家后的五年里，她出版的作品只有四本；作家事业发展得不太顺利。1996年问世的短篇小说集《假寐夜晚的UFO》虽然获得了“野间文艺新人奖”，但是没有固定的读者群出现。20世纪90年代后期，她创作了一些儿童文学，马上有了可观的成就；以

《我是你哥哥》和《绑架之旅》接连获得1998年的“坪田让治文学奖”和1999年的“产经儿童出版文化奖”、“富士电视台奖”，2000年，《绑架之旅》又获“路旁之石文学奖”。

从事儿童文学创作给角田光代带来了难得的转机。之前主要取材于身边人事的角田光代，完全掌握了虚构故事的技巧。进入21世纪，她即使写同代人的生活，也懂得跟作品保持距离，进行全局的把握了。2002年的《空中庭园》被畅销书的巅峰奖项“直木奖”提名。当初专写各种各样虚拟家庭的作家，终于直面真正的家庭了。《空中庭园》描写的是，东京郊区由夫妻和两个孩子构成的小家庭，他们以“凡事公开，家中无秘密”为口号，其实每个成员都有不可告人的秘密。在大厦里发生的家庭故事，作者形容为“空中庭园”，显然跟沙上楼阁一样不牢靠。角田作品里一直忽隐忽现的主题——对传统家庭的质疑，在这儿被公开探讨。虽然作者采取的是漫画式的喜剧结构，给读者留下的观感却相当苦涩。

2005年，角田光代凭借着《对岸的她》得到了“直木奖”。自从以《寻找幸福的游戏》作为纯文学作家出道后，经过十五年漫长而曲折的努力，最后作为畅销书作家得到了行家的肯定。在得奖的记者招待会上，角田光代说：“自己走过了找不到写作方向的无间地狱。”《对岸的她》以两位三十五岁女性为主人公，最初是家庭主妇和职业女性的人生道路对比，可是随着情节的发展，表面上看来截然相反的两个人，其实都经历过同样的痛苦和迷惑，可以彼此理解，也能共同面对现实的挑战。在作品的最后，两位主角和好，让人期待更好的未来。不过，贯彻整篇的主题，还是对家庭的怨恨和无奈，尤其是母亲对女儿有意无意的伤害。角田光代作品故事背后，“亲情”仍旧是最大的老主题。

2003年起，角田光代的作品不停地面世，证明这些年她的读者非常多。角田光代从青少年小说出发，经过纯文学、儿童文学，最后在畅销小说领域绽放才能，作品种类多，探讨的问题广，合乎广大读者的口味。除了小说，她也发表过许多散文，其中有生活杂记《开始向前走》、海外游记《明天要走阿尔卑斯》、专门谈电影的《西狄洼电影银光座》、漫游东京旧书店的《古本道场》等。

稳定生产多篇文章的秘诀，是有规划的生活。角田光代多次说过，她每天早晨8点钟到离家不远的工作室上班，轮流打开存在电脑里的多篇小文档，开始创作，到了下午5点钟，她就准时下班去附近的拳击场锻炼身体。对于保健很重要的饮食，她也非常在乎，常在作品里流露出来对烹饪的兴趣。

然而，角田光代的私生活相当神秘。2006年，伊藤高巳以《扔在八月路上》获得“芥川奖”，获奖感言提到妻子就是角田光代，令很多读者大跌眼镜，之前大家都不知道角田光代已婚。日本文坛的夫妻作家有过几对，然而“直木奖”得主和“芥川奖”得主的结合，倒是可称第一。角田光代虽然承认了这个事实，但后来大家也没有看到任何关于他们家庭生活的报道，可见她对自己的私生活严格保密的程度。

角田光代的作品能够引起广大读者的共鸣，是因为她能深刻理解并传达出现代社会的苦楚。很多都市人对家庭和工作的疑惑，向来是她的主题。家庭非得束缚成员不可吗？工作非得磨损人性不可吗？她的质问一直延续到2006年“川端康成文学奖”作品《摇滚妈妈》。一个记者似乎指出了角田光代作品发展的方向，他写道：“角田的小说好像都在谈如何祈祷。”没错，无尽的祈祷，大概就是对人间苦楚的最后答案。

新井一二三：日本东京人，早稻田大学政治经济学系毕业。大学公费留学中国大陆，而后旅居加拿大、中国香港等地十余年，自由作家。现定居日本，明治大学讲师，从事中日文写作。

温暖的家

{ 女儿的秘密 }

生活其实交织着许许多多无法向家人坦白的秘密，
为了掩盖这个事实，我们家只好订下“开诚布公”的家规。
只要躲在这把保护伞下，家人就不会彼此猜疑了。

我是个在宾馆受孕的孩子，甚至是哪间宾馆我都很清楚——就是那家在高速公路交流道附近、宾馆林立的红灯区里的“野猴宾馆”。很多宾馆常常令人怀疑命名者的品位，比如“课外教学”、“阿啰哈”、“旋转木马”等，但是，“野猴”这个名字最让人汗颜，简直是“地狱级”的恐怖名字。然而，我的生命就是在这家名字极难听的宾馆里形成的，这真无奈。

正值十五岁，最是多愁善感。青涩年华的我，之所以知道当年受孕的地方，理由有两个。

理由之一，就是我的同学木村花。就是在那一天，清晨的《娱乐新闻》一窝蜂、天花乱坠地报道某个艺人在蜜月旅行时怀孕的消息。木村花来到学校，一副似有若无的骄傲神情和大家聊了起来，她的父母当年远赴阿姆斯特丹度蜜月时怀了她。

木村花忘我地说：“迟早有一天，我一定要去阿姆斯特丹这个地方。”她还自以为是地表示，虽然那里是个陌生的地方，但必定会有似曾相识的感觉。她的这番话，让一旁的同学听在耳里，心里很不是滋味。

纵使心里不是滋味，这几个人也感受到了其中的“罗曼蒂克”，于是大家都怀着某种期待回家，不约而同地向自己的父母探问；他们故意拐弯抹角，用孩子气的口吻撒娇询问：“到底是在哪里怀我的呢？”当然我也不例外。

理由之二，就是我家的家规了。我们家是在“有话直说”、“百无禁忌”、“尽可能了解彼此”的原则下“运营”的。所以，打工刚下班回家的妈妈，一边准备晚餐，一边理所当然地一本正经地回答我的问题：“交流道附近不是有家‘野猴宾馆’吗？就是在那里。虽然那家宾馆老旧没落了，但也算是那一带的‘老字号’。妈妈呢，当然也不想去那种地方，但是我记得，那天到处客满，你爸和我只好走着路，一家一家找地方休息，可是，‘旧金山’客满了，‘笔友’要等两小时，‘春神’也客满了。我们被柜台一再拒绝，根本没地方可去。几乎跑遍了所有的宾馆，最后就只剩‘野猴’有房间。”

爸爸和妈妈并不是为了避免我们学坏，才力行一切毫无保留地公开，而是出于他们的根本想法。对他们而言，只有做了可耻、错误、丢脸的事才需要遮遮掩掩，就是说，只有不好的事情才需要遮遮掩掩。但是，爸爸妈妈坚信自己问心无愧，决不会做出不好的事来。

比如女性的生理期，他们认为既不可耻也不罪恶，所以当我第一次月经来潮时，就为我举办了“初经晚餐”。一如字面所示，爸爸、妈妈、小光（弟弟）和我四个人在Discovery Center里聚餐，恭喜我变成“少女”。

性行为也是一样，我们也为小光举办了“性自觉晚餐”。当然爸妈还不至于张扬地恭喜他梦遗或给他买成人书刊，但依旧在Discovery Center里聚餐，告诉我们性欲本身既不可耻也不是坏事，最糟糕的是不负责、没有爱的性行为等。

我相信，如果没有“一切事情都必须摊在我们家的日光灯下”的这条家规，妈妈肯定不会告诉我“野猴宾馆”的事。“咦？哪里呢？不记得了！”“大概是在爸爸家吧！”妈妈很可能像这样搪塞，要不就是羞红了脸，责备我不该问这种事，总之，没有这条家规，妈妈决不可能招认“野猴”的事。

“孩子爸，今天美娜问我到底在哪里怀她的呢！”妈妈对刚进家门的爸爸说。

“野猴啊！忘不了的。”爸爸不假思索地回答，甚至还补了一句，“小光好像是在这个家里吧！”

“哦……这我怎么好意思告诉别人啊！人家木村花是在阿姆斯特丹！我却是在“野猴”！天哪……这样不是让人觉得我的脑子有问题吗？”我大喊着。

晚餐吃煎饺。我们围着餐桌，坐在各自的位子上包饺子。我包的是紫苏虾仁饺，妈妈包的是韩国泡菜饺，爸爸包的是普通饺子。小光还没回家，他并没有参加任何社团，很可能在Discovery Center里闲晃。

“老爸，你得先去洗手，再来帮忙嘛！”我说。

“不过，美娜啊，以前去阿姆斯特丹度蜜月的一定是嬉皮士！绝对在那里嗑药吸毒了！那孩子叫小花是吗？我知道了，难道这就是老嬉皮的最后下场吗？”爸爸说。

“老公，我也要喝一点啤酒。”妈妈插话进来。

“嬉皮士太落伍了！不过和‘野猴’比起来，嬉皮士还是挺酷。唉……”我嘟囔着。

“先不说这个。你们不觉得小光最近很晚才回来吗？”妈妈无视我的抱怨，说道。

爸爸和妈妈从小就在这个地方长大，过着平凡的生活。而后两个成绩差的“小混混”坠入了情网，在毫不矫情、充满大男人主义风格、未使用保险套的“亲密接触”之后，自然也就早早“奉子成婚”，过起了平凡夫妻的日子，至今依旧。

“可能快要变成小混混了吧？不是说‘老鼠的儿子会打洞’

吗？”我突然想起妈妈告诉我的交往经过，这句话脱口而出。

“什么小混混啊，早就不流行了！”爸爸一副索然无味的神情一边说着，一边把电烧烤盘放在餐桌上。

一直等到7点半，仍不见小光回来，我们三个人只好先吃了。这天的话题一直围绕着“野猴”打转。一家一家寻找空房间的走路情景，恍如昨日，爸妈记得一清二楚，他们也把妈妈告诉爸爸意外怀孕的事情，原原本本地告诉了我。

吃过饭，洗好碗盘，我们转往沙发坐定后继续这个话题。当初为什么会在那一天上宾馆？我坐在沙发上，茫然地眺望阳台远方像是点点渔火的街灯，心不在焉地听他们说起十六年前的宾馆样貌、约会模式等过往的时光。

就这样，又有好多往事被掀出来，摊在我家的日光灯下，成了大家的美好回忆。

早晨7点，空气像冻结般凛冽，我紧握着放在餐桌上的零花钱走出了家门，小碎步跑向公车站，呼出的气在我的鼻尖扩散成扇形白雾。当我来到公车站牌前，不经意地回头一望，我们的社区矗立在清澄的空气中，窗户全朝我这个方向，好几户的阳台上垂挂着绿意盎然的观叶植物；衣服晾晒在阳台上，拔下插头的圣诞灯饰也随意堆放其间，但就是不见半个人影。在晨光的映衬下，静静耸立的社区仿佛舞台布景。

这个有十七年历史的一整片公寓住宅区，比即将满十六岁的我还年长一岁；从A栋到E栋之间有小型商店和公园。打从知道了我的存在，爸爸和妈妈就在某一方父母的资助下（我已不记得究竟是哪一方）在这个社区买下了房子，开始了他们的新婚生活。

在清晨的空气中的社区，外观貌似整齐，外墙却污损不堪。虽说是大型社区，但的确破烂简陋。这个社区十七年来所堆积的污垢与疲惫，似乎也沉积在我的身心中。

好几个人朝公交车站牌走来，不多久公交车就来了。由于时间还早，车上空荡荡的。我看到同学森崎坐在双人座的老位子上，就走到他身旁坐了下来。

“早！”“早！”冷冷地打过招呼后，我聊起昨天的种种，从木村花的事说起，正当说到我也回去探问自己的受孕地点时——

“你说的是真的吗？”森崎瞠目结舌，“哇！这……太不可思议了！”

“就是，那个木村花，感觉不赖吧？”我讽刺他。

“不是啊，我是说你家，怎么会在吃饭的时候说这种事？这……实在太不可思议了！”森崎的呼吸变得急促，“我家就决不可能这样。决不可能！”

由于森崎反复这样唠叨，于是我尽量修正自己的话。我说：“森崎，这是因为你的家人不轻浮随便啊！”

原本是为了让森崎释怀，没想到这样的话说得太正经八百了。

“什么？”森崎抻长脖子，盯着我看。

“不轻浮随便，就是‘实实在在’的意思。”我说。

“实实在在？”森崎沉默不语了。我看着他旁边窗外飞逝的景物。

公交车驶离社区，周围都是农田。农田中央立着一面定期更换的硕大广告板，上面张贴了刚上市的电影海报。远处不时可见白底红色的电车行驶于横亘桥梁的铁轨上。电车开始没有声音，出现数秒后，才隐约传来细细的“轰隆”声。这个景象从我家的浴室也能看到，只是角度不同罢了。如果洗澡时打开窗户，就可以看到红白相间的电车像拉开拉链似的飞驰而过。

森崎的家位于终点站附近，是一间独门独院的老房子，走路约十五分钟就到了。我去过他家几次。大院子一隅有间可容一人的小仓库，旁边的车棚里并排停放牵引机、白色丰田“小丑”车和红色小汽车。

整体而言，森崎家显得很杂乱，在这宽敞却混乱不堪的空间里，每个人都拥有各自的天地。比如玄关旁约五坪大的和室（注：传统日本房屋所特有的房间，地面铺上叠席，由于叠席的大小是固定的，铺的张数可以知道房间大小）偏厅，虽然当做客厅，却到处散放报纸、杂志、列车时刻表和外卖菜单，杂乱无章，而且还随处可见堆积如山的收起来的干衣服。森崎的妹妹好像是这里的主人，大家似乎也都达成共识，承认这里是她的“地盘”。顺便说一句，森崎的妹妹又肥又呆又冷漠，还有“短信癖”。如果拿走她的手机，也许没过五分钟，她肯定会缺氧窒息而死吧！森崎的这个“丑八怪”妹妹即使是吃饭也手机不离手。她总是夹起一块炸鸡，就按一段文字，喝一口味噌汤，又打一段文字，最后把筷子插进小芋头里，再打下自己的名字，然后一边把芋头放进嘴里嚼得“吧吧”作响，一边发短信。他们家没人为此生气，或许应该说，没人在意这个“丑八怪”妹妹。

与此同时，森崎的祖母、爸妈和森崎都在看电视。他们家严禁吃饭时间聊天。虽然我从未问过他家是否有这种规定，但这就像家规似的，严守至今。

客厅斜对面的厨房，虽然有我家厨房的三倍大，但地上堆满了酒瓶、米缸、装有调味料或不知道什么的瓶瓶罐罐，几乎没有下脚之地；排风扇沾满乌黑的油渍，煤气灶陈旧不堪。这里的主人不是森崎的妈妈，而是他的祖母。老人家就像住在厨房，一天到晚都待在里面。只要我或森崎踏进厨房一步，森崎的祖母就像吸强力胶毒（注：强力胶、汽油、柴油、苯或胶水等有机溶剂都有可能上瘾，即所谓的“有机溶剂成瘾”）被发现似的手足无措。她当然不可能吸胶毒，但究竟为什么紧张不安，就不得而知了。

明亮与阴暗、灰尘与油渍、地盘与冷漠，这些在森崎家司空见惯的情形，在我家是看不到的。

我们下了公交车，走在通往学校的上坡路，顺便逛了逛杂货店。它位于学校后门前方，是一位驼背的老奶奶开的。现在离上课时间还有三十多分钟，店里空无一人。森崎买了两根玉米棒和一罐速溶罐装咖啡，我买了一碗乌龙面，请老奶奶帮我泡开。这家杂货店几乎整天都开着；早上7点门就开了，听说有人晚上12点来，也还在营业，大家甚至传说，这位老奶奶有可能是个高科技的机器人呢！

“你干吗一大早就吃面啊？”这是我的习惯，可森崎每次都要问。

“早上没吃早餐呀！”我也老是这么回答。

“哦……”森崎无精打采地哼了一声，然后吃起玉米棒。

“唉，想逃……”森崎眯着眼说。“想逃”好像是他的口头禅，没什么特别的意思，顶多就是疲累、倦怠或没劲，估计他没写第一节英文课的作业吧。

我想了一下，转身对着森崎说：“喂，森崎！”

森崎抬头看着我。他手上的第一根辣鱼卵口味玉米棒已吃了一半，嘴角沾着碎屑。

“上次，你不是问我下个月的生日要什么礼物吗？跟你说，我不要礼物，但想去一个地方。”我鼓起勇气一口气说完，胸口怦怦直跳。

“啊？去哪儿？”森崎问。

“嗯……”真不好开口。

“你别笑我啊！”但是，如果不告诉他，我就去不成了。那种地方，一个人可去不了。

等森崎点头答应后，我一口气把话说完：“我想去交流道附近的宾馆。啊……不是想做那种事啦，只是想去看看嘛。”

“什么？”森崎拔高嗓音，惊讶地看着我。他张大了嘴，我都能看见他舌头上来不及吞下的玉米碎屑。

“真的吗？你说的……你说的当真吗？”森崎反反复复地说着。他面红耳赤，低头大口啃着玉米棒。

我继续默默地吃乌龙面，不知道是太冷，还是因为羞红了脸，我的耳朵有些疼。

我原本打算今天和他要一只银尾戒指当生日礼物，但昨晚听了“野猴宾馆”的事后，就打消了这个念头，现在有比尾戒更重要的事。

森崎没有答应去宾馆，他自顾自地拿起第二根玉米浓汤口味的玉米棒，闭着嘴嚼着。

“喂，你刚才说的，是瞧不起我吗？”森崎正眼都不看我，突然冒出了这句话。

“什么？哪件事啊？”我挺直身子问。邀他去宾馆果然不妥，原本还以为只要是男人都不会拒绝，看来我打错如意算盘了。

“我是说，你刚才说的我们家‘实实在在’那句话。”森崎低着头严肃地回答。

“那句话怎么了，当然是赞美啊！怎么会瞧不起你呢？”我说。

“是这样吗？”森崎盯着玉米棒好一会儿，“我还以为，你是说我们家很土呢。”

“你说什么啊？我不明白你的意思。一点也不土啊！‘实实在在’多好呀！”我极力解释着。

之前父母坦然地告诉我，在一家既不叫“爱神”也不是“好姻缘”，更不叫“蓝色海浪”（Grand Blue），而是叫“野猴”的宾馆怀了我，让我备感失落。我对森崎此刻受到的伤害，能够感同身受，很是抱歉。那么，我也不能再强求他陪我去“野猴宾馆”了。不过，我真的很想亲眼看看那个“形成”我的地方，总之，就是想去看看。如果老老实实地把这些告诉森崎，说不定又会让他难过……我一边小口喝着面汤，一边左思右想。

这时候，忽然传来一阵笑声，我瞥见好几个学生走上了坡道。

“刚才你说的事，可以啊。”冷不防，森崎答应了，他将揉成一团的玉米棒空袋扔进垃圾桶里。

就这样，我们来到了“野猴宾馆”。第一印象，令人惊讶的是空间，这个宾馆相当普通。宾馆两个字，让我联想到幻影般的红色灯光、略显污秽的红色棉被、被磨平的脏地毯、隆隆作响的电动旋转床、排列在橱窗里的成人情趣用品等，然而这里什么也没有，而且房间的装潢也不老旧，透出一股清新健康的气息，和“野猴宾馆”破旧的外观完全相反。打开这个房门，是个到处可见的卧室，不，就和某个人家的卧室类似。

这个房间的大小与我家的客厅相当，打扫得干净光亮。木质地板上，正中摆放着一张铺着格子条纹床罩的特大双人床，有一台二十九英寸的电视，电视前面是一套格子条纹布沙发，墙上挂着野兽派马蒂斯的仿制画，还有个玻璃隔间的浴室。我感到一些震撼，觉得真要在这里生活并非不可能。

“哇！卡拉OK！哇！色情录像带！哇！还有薯片！”进了屋子，森崎有些紧张，惊讶地东张西望。

早已“既来之则安之”的我学着他的口气：“哇！你看你看，还有电动咖啡壶呢！哇！还有笔记本电脑！咦？床边的按钮做什么用的？”

我们在房间里四处乱窜、大呼小叫。

离我的生日还有好几个星期，所以今天或明天来都一样，既然森崎提议今天去，我们就穿着学生服直接到了“野猴宾馆”。“野猴宾馆”很容易登记房间。如果是“爱神”或“蓝色海浪”，可能会因为含义太明显，反而会难为情不敢进去呢！野猴，哈哈哈！野猴！野猴宾馆！森崎和我就是这样边说边笑，自然而然地走进去了。

最后，森崎和我总算安静下来，两人在“野猴宾馆”506号房里四眼相对、无所事事。我们就像小学生表演才艺一样，心中小鹿乱撞，很紧张，彼此的距离拉近了，之后，突然唇瓣对在一起，发出了“啵”的响声。

“啊哈哈！”森崎撇过脸去，笑了出来。

“哈哈哈！”我也笑了。

但是，森崎像忽然陷入了沉思，又以我从未见过的认真神情将脸凑了过来，使劲抱着我，舔着我的唇，把我压在床上。森崎舔遍了我的脸和脖子，一只手不断地压揉我的右胸。尽管我身上还隔着衣服，还是觉得疼痛无比，差点脱口而出要他停下来。因为自己从未有过这种经验，又觉得可能只是少见多怪罢了。我心里一边这么想，一边四处张望。

窗帘的图案和床罩一样，也是格子条纹。拉开窗帘能看到什么呢？玻璃茶几上整齐地摆放着电视遥控器、冷气遥控器、烟灰缸和薯片。枕头后方有个床头台，上面放着纸巾、安全套和饮料食物价目表。摆放电动咖啡壶的茶几上，还摆着一个塞满假花的黄色花瓶。

这里像是普通的房间，但也够古怪；床太大，天花板也是面大镜子，从床上可以看到玻璃隔间的浴室又是一绝。如果说粉红色格子条纹低俗，似乎太矫情了。空有小冰箱却没有厨房的设计，也有违常理。然而，在我看来，没觉得这个房间和一般住家有什么不同。我们家，社区五楼边那个整洁、温暖又舒适自在的家，说不定就是妈妈按照这个房间的摆设布置的呢。可能只是因为这里是我生命的起点，我才萌生这种特别的情愫吧。想到这里，我的心情不禁又沉重了起来。木村花去阿姆斯特丹怀旧，可我只能在“野猴宾馆”里感受温暖！

“森崎，这里可以住人呢！”我说。

森崎猴急地要脱掉我的衣服，于是我脱掉了上衣，并脱下了衬衫。我说：“如果今天，我是说如果，精子和卵子结合，我们马上就能变成一家人了，很神奇呢！”

森崎也把学生服脱了。他衬衫里面穿了背心，上头是米老鼠图案。我记得森崎并不喜欢卡通图案，这件背心应该是森崎妈妈买的吧?

“说不定做这件事轻而易举。”我低声嘀咕着，自己脱下裙子，再次横躺在床上。

森崎把头埋进我仅着胸罩的胸里，然后灵巧地翘起屁股，让长裤自然滑落。我把手伸到他的小青蛙花纹的紧身内裤里，森崎还没有勃起。虽然是初次体验，但基本常识我还是有的。森崎的那话儿，不论我怎么轻抚、紧握、摩擦还是搓抓，依旧毫无动静，软绵绵的。

“唉，不行啊！”森崎一手压揉我的胸，一手抚摸我的大腿，折腾了好一会儿，忽然嘟囔了一声，翻到我身旁仰躺着。

“啊哈哈！”森崎居然笑了出来。他气喘吁吁，像刚跑完操场1000米似的。“唉……想逃！”森崎补了句“口头禅”，声音却透着悲伤。

“没关系，别放在心上！”我说了句这种场合不该说的话，和森崎并肩躺着，望着天花板。这真的没关系。我又不是为了告别处女身份才上的宾馆，只是为了亲眼看看形成自己生命的关键地。

“真想永远待在这里。”我轻轻地自言自语。

“既然都来了，唱卡拉OK吧！”森崎说完，就跳起来穿上裤子。

正当森崎翻阅卡拉OK歌本，输进数字代号时，我解开系在书包上的小泰迪熊玩偶。这是个平凡无奇的生日泰迪熊吉祥饰品；依照每个不同的日期，市面上总共有366种不同花色的生日泰迪熊。我的小泰迪熊身上当然印着我的生日花色，是紫黄相间的方格呢布。

处处是格子条纹图案的房间里，回荡着轻浮的卡拉OK歌曲。森崎五音不全地唱着Michelle Gun Elephant（注：日本20世纪90年代最具代表性的摇滚乐团，由四名男性团员所组成，曲风深受六七十年代朋克、“车库摇滚”的影响。乐团于2003年解散）的歌。我环视房间一圈，走到摆放电动咖啡壶的茶几旁，打开抽屉，悄悄地把紫黄方格相间的小泰迪熊平放在这个空无一物的抽屉里。关上抽屉后，我觉得自己好像躺在那个狭小四方的黑暗空间里一样了。

离社区两站的站牌附近有两家便利商店，我在其中一家叫ampm品牌店里看到了妈妈。和森崎分开后，之所以选在这一站下车，没有其他理由，就是不想直接回家。我只想把果汁、薯片的外包装看个够再回去。

在面向玻璃橱窗的杂志区里，妈妈站在染着一头金发的年轻人和一头长鬈发的女高中生中间翻阅杂志。这个画面实在太出乎意料了，我一时没认出是妈妈。

妈妈不在Discovery Center，而是在过交流道对面大路边上的餐馆打工，那里有好几家大众餐馆，妈妈就是在其中一家全国连锁的乌龙面店打工。“小孩放学回到家，母亲一定要在家”，这可说是妈妈极力坚守的原则，所以当时和乌龙面店谈好的条件就是决不加班，但最近妈妈时常晚归，原因是十九岁的“飞特族”同事莎琪交了个喜欢限制她行动的男友。按妈妈的说法，莎琪正在热恋，时常旷工、迟到，而这些必须由所有正职、兼职的店员代班。现在快晚上7点了，可妈妈并不在面店代莎琪的班，而是跑到便利商店翻看杂志。

“妈妈，今天很晚哦！”我从后面走近喊她。

妈妈惊讶极了，立刻将杂志塞回了书架，还因过于错愕，一时说不出话来，只能嚅动着嘴巴干咳。

“哎……哎呀，美娜，你呢？怎么这个时候……”妈妈面红耳赤、结结巴巴地说。

“嗯……”我心想，“糟了，早知道就不喊她了，真没想到妈妈会有这样的反应。”

虽然深感后悔，我还是怀疑妈妈有了外遇。我说：“我和森崎去Discovery Center吃蛋糕了，打电话回去想告诉你会晚一点回家，但是你不在，我只好告诉小光了。”

我尽量轻松地说着，妈妈却哭丧着脸看着我。妈妈的外遇对象该不会也在这里吧？我不动声色地瞄着四周，店里只有一个二十岁左右、穿迷你裙的女生，一个身穿灰色大衣、头发稀薄的半老爷爷，还有站在杂志区一动也不动的金发男子以及一头长鬈发的女生。

“讨厌，妈吓了一大跳！”妈妈的声音依然颤抖着，“森崎呢？啊，啊……那个小猴！”她很放心似的喃喃自语，右眼角还流下了一滴眼泪。我真是愧疚，觉得自己简直就是罪大恶极。

“我去看看零食。妈妈，你先回去吧，我很快就回去了。”在仓皇失措中，我硬挤出这些话来，然后转身走去饼干点心区。咖哩口味薯片、重辣口味薯片、限量的奶油酱油口味，我紧盯着琳琅满目的食品，心中想的却是，我们家那“决无隐瞒”的家规竟然如此不堪。

我买了重辣口味薯片和奶冻慕斯百吉棒，走出店门，没想到妈妈一直在等着我。

“买了什么？哦，小心发胖！”已经回过神、恢复正常的妈妈，瞧了瞧我手上拎的购物袋里的东西。妈妈勾着我的手，身上散发出的甜品泡芙味令人感到陌生。我们朝家里走去，妈妈把晚归，待在便利店的原因一五一十地告诉了我。

妈妈说，今天他们总算有机会和莎琪当面讨论以后工作分配的问题，并要求她不能再随便旷工。包括妈妈在内的几个不需要轮班的兼职人员，也都出席了这个会议。不过，由于莎琪迟迟不肯说清楚，拖延了会议的时间，最后只好依照兼职部的长谷部经理（她是一名五十一岁的主妇）的建议，要求莎琪负起责任自动辞职。妈妈虽然帮莎琪说情，但也挽回不了莎琪月底走人的结果。妈妈很喜欢莎琪，想送她一个礼物作为纪念，但又不知道送什么好，只好去便利店翻阅年轻人的杂志。她滔滔不绝地说着，我听到长谷部经理的建议时，就已经没兴趣再听了，但是就此打断妈妈的话，又觉得她很可怜，只好以略带同情的口吻，谢谢她费尽唇舌的完整解释。

“真的很累！”妈妈好几次点着头说。寒风吹红了她的鼻尖。看着妈妈的身影，我突然想盯着妈妈的眼睛问她：“妈，你是按‘野猴宾馆’的摆设来布置我们家的吗？”

“咦？美娜，”妈妈冷不防摸了摸我的书包，问，“你的小熊呢？”

我心头一惊，看着妈妈。这女人有超能力吗？难道我们家奉行的“决无隐瞒”的家规，是因为她具有洞悉一切的超能力而不是他们做人的原则吗？我一时走神，以为妈妈有了超能力。

“啊……啊，哦，那个小熊，我把它绑在森崎的书包上了。”我小心翼翼编造的谎言会被识破吗？妈妈会读心术吗？

“真的吗？你那么宝贝的东西！”妈妈注视着我。

我连忙说：“我把它当成预防他变心的符咒！”

“哦……看来小猴还挺有人缘的。”妈妈的口气正常多了，“真的有效吗？看来我也要把自己的小熊挂在爸爸的公文包上。”

妈妈还说俏皮话呢！我总算松了一口气。

“今天……等爸爸回来，大家一起出去吃饭吧！现在时间也晚了，而且好久没上馆子了。我很想去‘龙虾’（Red Lobster）海鲜餐厅。”穿过社区入口的拱门后，妈妈兴奋地继续说着，“Red

Lobster很不错，可是，我也想吃牛角餐厅的烤肉呢。”

我刻意天真地笑着，茫然看着吐出的气凝结成的白雾朝四周散去。妈妈绝对没有超能力。可能我只是故意去做一些不宜在我家日光灯下曝光的事情。

不论是“龙虾”还是牛角，都在Discovery Center。Discovery Center是典型的郊区大型购物中心，它是在我九岁、小光七岁那年的春天开业的。

从社区往学校的方向，沿着公交车行驶路线左转，几分钟后，就能看到许多宾馆围绕的高速公路交流道，再往前开一阵子，就到了Discovery Center。那里面有超市、流行商品店、几家餐厅、杂货店、汽车用品店、美容院、书店和KTV。

记得开业那天，我们一家四口也和其他人一样前往购物中心。我们搭乘的公交车在购物中心附近堵了车，动弹不得。我们气急败坏地跳下来，在同样是去购物中心却身陷车阵里的众人目光注视下，一步一步朝Discovery Center走去。在摩肩接踵的人群里，我们买了特价促销的纸巾和咖啡豆，还在一家特别便宜的意大利餐厅前排队等着用餐。最后，我们像是结束体能训练营集训似的，一身疲惫，却又感到无比满足地踏上了归途。

Discovery Center的存在，拯救了我们的社区，还有这个地区的许多家庭、广大的居民。除了便利性，在精神方面，如果没有Discovery Center，尤其是社区里的意外事故和犯罪率一定会更高，自杀、离婚、家暴、凶杀等会层出不穷。

每个周末，大部分家庭都会去Discovery Center采购、闲逛、用餐。大部分学生，每天放学后会固定前往那里。一些没前途的或是考不上大学、技术学院的高中毕业生，也会先去那里打工。

对于这个城镇来说，Discovery Center就是东京，就是迪斯尼乐园、机场、外国，也是保护中心和职业介绍所。

但是，森崎觉得，Discovery Center根本不是救星，反而把大家困住了，因此主张把它炸了。我虽然喜欢森崎，却不喜欢他这个想法。我可不想看到我们的社区和Discovery Center被炸毁！感谢老天，好在森崎不是个聪明到能做炸弹的高中生。

老实说，我已记不得没有Discovery Center之前的生活状态了。在哪里买衣服？在哪里聚餐庆祝重要的日子？假日有什么活动？

自从有了Discovery Center之后，“拆除宾馆运动”是唯一让我忧心的事。由“家长会”和社区主妇组成的团体为了拆除宾馆，不时联合起来举行示威游行。最近一次是在去年冬天。当时我还不知道“野猴宾馆”是我生命的起点，对这个运动并不关心。现在可不同了；这个运动，根本就是莫名其妙。如果这个运动得逞了，包括“野猴”在内的所有宾馆拆除，改建成一幢幢崭新的老人公寓，我肯定会去图书馆找资料做炸弹，把那些老人公寓炸掉。

最近很平静，没有任何示威游行。这些宾馆也在歇业和重新装潢中屹立不倒，小镇里的居民忽略了这里，大都直奔Discovery Center。

自从一起上了宾馆后，森崎有意忽略了我，这真是有史以来最大的谜题，我完全无法理解。他不但延后早晨搭车的时间，也不再去老奶奶的店，午休时间也是和野机这些笨男生混在一起，上完补习课，他就像变魔术似的从教室里消失了。森崎没有手机，好几次打电话到家里找他，他却假装不在，故意不接电话。从此，我也不得不承认他在躲我。

如果知道为什么遭到冷落，也就罢了，但我自认没做错事。去宾馆事先征得了他的同意，而他的阳痿表现当然不能怪我。由于森崎对我不理不睬，我还一度打算散布消息，想让大家知道森崎看到女生丰满的肉体也无法勃起，后来觉得这么做受伤害的反而是自己，就打消了这个念头。

真不该急着去宾馆，至少也该等到生日那天。几个星期后的庆祝生日，大概就只剩下了例行的家族聚餐吧。

这么久以来，我只和一个男生森崎交往，也从没有属于任何一个女生团体，没办法马上找到好姐妹，根本找不到一个能陪我去Discovery Center吃松饼或试用新化妆品的朋友。这些日子，我和几个女生聊了些无关痛痒的闲事后，往往独自一个人回家。

连续几天的早归，让我发现妈妈的生活作息有明显的变化。原本极力坚持不让孩子成为“钥匙儿”的妈妈，几乎每天晚归。莎琪的问题应该解决了呀，那么，妈妈应该准时4点下班，可她几乎每天都超过6点、有时甚至7点才回家。最近，我常常主动洗好米，一边听着妈妈的借口，一边帮她把买回来的现成菜装到盘子里。

小光偶尔会不像话，晚上9点、10点才回家，但一般都比我早，可他回到家就躲在自己的房间里。我觉得小光很快就会变得自闭没办法去上学了。虽然没有确切的证据，但他总是散发出一股气息，说好听点是颓废，其实是阴阳怪气。

我回了家，妈妈还没回来。看鞋子，就知道小光早一步回来了，他当然正躲在自己的房间里。

“小光，来喝茶吧！”我站在小光房门外，邀请他。

“不喝！”他只简短地回答一句，房门仍然紧闭。真是阴阳怪气！

“今天可能会下雪……”我转变了话题，他还是没响应。

我冲了一杯加了许多牛奶的奶茶，独自坐在沙发上啜饮。阳台远方灰色的天空显得异常低矮。遥远的天际压着远方的山峦，棱线朦胧不清。城里的灯光像是忽然恢复了记忆，一一亮起。我猛然想起躺在“野猴宾馆”506房里作为我的“分身”小泰迪熊。只要不被清洁工或女客发现，它应该还躺在抽屉里，从缝隙窥视着外面的格子条纹窗帘和马蒂斯复制画。刹那间，我像是附身在小熊身上，眼前清楚地呈现出宾馆里的景象。

我手拿杯子，无力瘫坐在小光的房门前。

“小光！”我对着房门说话，“你不觉得妈妈最近回来得很晚吗？唉，快6点了……肚子饿不饿啊……”

“不理我吗？继续不理不睬！哼！这个足不出户的臭小子。”

正当我在心里咒骂时，小光打开房门，站在我面前。真是好久不见的弟弟。

小光的身材比我印象中的还大两号，每次看到他都有这种感觉。因为，小光在我心中永远比实际小两号。

“干吗坐在这里？”小光俯身看着我，说道。

“妈妈这么晚了还没回来。”我说。

“加班吧？”他没好气地回答。

“该不会是有了外遇吧？”我问。

“无聊。”小光只说了一句，就走去客厅开灯。屋里刹那间亮了起来，原本浮现在窗外的市街点点灯火，迅速从远方消退。

“你看，妈以前都是自己在家里染头发，但最近都上美容院染，而且妈每次说的那个莎琪，有谁看过？弄不好是个虚构的人物。莎琪这个名字听起来就很不真实。”

“你真是闲得没事！”小光从橱柜拿出薯片，坐在沙发上吃，边说，“姐姐啊，别老说这些无聊的话了。你自己呢，如果跟男朋友吵架，就赶快重修旧好吧！”

“看你的样子就知道。你最近老是这么早就回来，跟‘小猴’之间一定有了问题，大家都说你们正面临分手的危机呢！”

所谓“大家”，当然是指爸妈，家里人都叫森崎“小猴”。小光打开电视，不停地转台。这个一边嚼着薯片，一边粗声说话的小光，似乎比我印象中多两成左右的活力，也就是说，当他躲在房间里，我会感到多两成的颓废感。不过，当他出现在我面前，其实还是个行为正常的弟弟，正处于变声期的十四岁。说不定我只是暗自期待他变成阴阳怪气，这种想法还真让人毛骨悚然。

“唉！没什么好看的节目！”小光抱着薯片袋子，又回了自己的房间。我远远听见粗鲁的关门声。

不是节假日的Discovery Center意外拥挤。大卖场的流行饰品区到处都是带着小孩逛街的主妇，也有不少穿着便服，一看就知道是逃课的女学生，还有些年龄、职业不详的男人也在其中溜达。我在看少女服饰橱窗和饰品店外的花车时，都被他们搭讪过。现在坐在我前面的男人，是我在CD店试听blink-182（注：最早组建于1993年，美国年青一代的朋克乐队，在商业上最为成功的乐队之一）第三个跟我搭讪的人。我点了麦当劳的“大麦克餐”，男人只点一杯咖啡，静静地啜饮着。

这第三个搭讪的人看起来最正常。第一个是个有着怪异眼神的退休人士；第二个是皮肤白皙、留着一头稀疏长发的怪人；第三个虽然看起来也有些怪但不具危险性。他拿咖啡杯和弹烟灰的手抖得很厉害，但头发还不至于紧贴着头皮，也不太肥，只是感觉像只吉娃娃犬，年龄在二十七八到三十岁之间，看起来似乎从未交过女朋友。

为了避免被认为是个爱贪小便宜的女高中生，我决定选择平价的麦当劳用餐。主动前来搭讪、一副吉娃娃模样的男人，静静地跟在我后面付账。

麦当劳里到处是小孩子跑动以及妈妈们交头接耳谈天的景象。我和吉娃娃模样的陌生男人，面对面坐在一角，一边吃大包薯条，一边想象一整天会发生的事，比如在斜对面意大利番茄餐厅里的妈妈，即使少了我、依旧按课表上课的学校等。

今天我原本就不打算上学，后来又兴起跟踪妈妈的念头。今天是我十六岁的生日，如果依照预定计划，应该是和森崎一起再度光临“野猴宾馆”，最好能在同一个房间，和森崎一起过属于我们两人的生日派对。但森崎始终对我冷漠着，在这个女同学和男朋友都不理我的生日当天，我实在提不起劲去学校。

除了逃课跟踪妈妈，我的生活竟然贫乏到没有选择。

妈妈昨晚创下了晚归的新纪录。因为妈妈实在太晚回家了，我们三个人太饿了，最后只好叫外送比萨。妈妈肯定是遇到了什么麻烦。我认为在那个叫莎琪的虚构人物背后，一定隐藏着某种秘密。

今天，我照例在早上7点出门，却一直在社区里闲晃，然后偷偷尾随9点半出门的妈妈。妈妈一开始就跳上开往Discovery Center而不是往面店方向的公交车，我虽然赶上下一班车跟踪，但已远远落在后头，不过总算在大卖场找到了她。妈妈在四楼一家新开幕的hysteric・glamour品牌店里和店员讨论好一会儿之后，买下了某个商品，接着妈妈一路左看右瞧地到了一楼，请正门旁边的花店插一束花，之后踩着轻快的步伐走进了意大利番茄餐厅。她摇头拒绝服务生所指的后面座位，以主妇特有的强硬态度要到了靠窗的位子。时间是10点50分。

妈妈完全不担心是否有人跟踪，也不怕会碰到熟人，她的举止显得毫无戒心、一派轻松。我认为，“开诚布公”这个主张说不定是个护身符。由于我们一天的活动，不，是我们活着这件事，其实交织着许许多多无法向家人坦白的秘密，为了掩盖这个事实，只好订下“开诚布公”的家规。只要有“家规”这个“保护伞”，家人就不会彼此猜疑了。

“学、学、学校呢……”对面男人突然出声问。

我抬起头来，看见银色的烟灰缸里躺着几根烟蒂。大杯可乐里的冰块几乎快融化了，我等着男人的下文，他却不再开口。隔了一阵子，我才知道原来他问的就是“学校呢”。

“我很久没上学了，去了只会被欺负！”我说。

这是谎言。森崎的行为很明显是攻击而不是欺负；我在学校里虽然交不到知己，但也不会有人故意藏我的鞋子或烧我的运动服，欺负我。我念的是以升学为主的高中，不过校规松散，大家都随心所欲、各得其所，还不至于有集体欺负的现象。

我继续胡编：“反正早就习惯了。可是，习以为常和自己找打，是不一样的！”

我发现这个说法正是男人所期待的。果不其然，原本盯着我胸口的他，松了一口气，眯着眼睛，频频轻轻点头，表示同意。

我不禁坏心眼地问他：“你在哪里上班啊？”

“我在城里的出版社上班，今天刚好到附近向一位作家拿稿子，哈！哈！不过他一向写得很慢，我又不能空手回去，只好在这里闲逛，等会找适当时间再登门拜访。哈！哈！”

本以为他会词穷结巴，没想到他却对答如流，连夹杂其中的笑声也很顺畅。

小孩们在麦当劳的地板上到处爬着，有个较大的小孩突然号啕大哭，妈妈们充耳不闻、视若无睹地仰头吐一口烟后，继续聊着。对面的男人面无表情，只是转动眼珠子冷眼旁观，鼻子里隐约发出轻蔑的“哼”声。

大卖场是希腊式装潢风格，走道上竖着很多不实用的圆柱。我躲在一根圆柱后面，看着坐在餐厅靠窗位子上的妈妈。女服务员正把菜单和玻璃水杯放在桌上。究竟会是怎样的男人出现在妈妈对面那个只放着水杯的座位上呢？也许是个和爸爸完全不同、充满男性魅力的人吧？也可能是轮廓深邃，牙齿异常洁白，皮肤用油涂成浅黑色的英俊男子吧？

11点多，坐在妈妈对面的，既不是散发男性魅力，也不是轮廓深邃的英俊男人，该怎么说呢？是个除了莎琪不作第二人想的女孩子。就像妈妈所描述的，她有着一头蓬松金发，大胆的眼线像极了充满异国风情的妓女，但缺了门牙的笑容又像幼儿园的小朋友。和我原先想象的一样，她穿着超短迷你裙，搭配泡泡袜，晒斑布满脸庞，看起来比19岁小很多。

女服务员在两人间放下了咖啡杯后离去。妈妈立刻将刚买的花束和礼物交给了莎琪，惊喜的声音传到了走道上："真的……要给我吗？真的？ruo · zi，是真的吗？"莎琪撕开包装纸，喜极而泣。

和莎琪在餐厅门外告别后，妈妈走向卖场前面的Grand March蛋糕店。就算不透过玻璃橱窗朝那里看，我也知道妈妈在做什么。她双手抱着大盒子，结完账，做作地走了出来。猜都不用猜，我也知道盒子里装什么，是布满鲜奶油的香蕉巧克力派，上面还用巧克力奶油写着"美娜，生日快乐"，里面附有16根捆成束的细蜡烛。这家店是我指定的。

妈妈小心翼翼地抱着蛋糕盒，搭上开往乌龙面店方向的公交车。我看着她离去，觉得双脚似乎踩不到地。然后，我直接走回大卖场，搭电梯下楼，依序逛遍每个专柜。我宁愿看到一个皮肤黝黑的俊男出现在妈妈面前。坐在热门的健身骑马机上，忽然觉得对我来说，或许"一夜情"更真实。

"你、你、你家呢？"男人问道。

我吸了一口被稀释了的冰块可乐，茫然地看着他。男人望着远方，仿佛对着我背后的鬼魂说话似的。既然没有下文，那么"你家呢"理所当然就是他要问的。

"就在这附近。我妈把情人带回家，害我回不了家。像我这种年纪，对这种事比较敏感。”说着说着，我竟对自己狭隘的生活圈、贫乏的想象力感到厌恶。

男人再度点点头。妈妈明明叫绘理子，刚才莎琪为什么叫妈妈“ruo · zi”呢？是哪个ruo · zi呀？难道除了ruo · zi这个绰号之外，妈妈就没有别的秘密了吗？

“今天是我的生日呢！”我说。

“什么！”男人吃惊地从椅子上跳起来，“啊？生……生日？那……那你想要什么呢？”

“想要什么？”我喃喃自语。我想要什么？爸爸买了吉田背包，妈妈会送我耳环或尾戒，虽然没和小光要礼物，但他应该会送我一片play station 2（注：日本索尼旗下的新力电脑娱乐家用电视游戏机）冒险系列的游戏光盘吧。可是，没一个是我想要的，我根本就不想要。

“我什么都不想要，只想去一个地方。”我说，“跟我来就是了。”

“是……是……是哪里啊？”男人问。

说完，我起身离开充满二手烟嘈杂的麦当劳。男人连忙要跟过来，但起身时一不注意打翻了塞满烟蒂的烟灰缸。其实就算这么走掉也没关系，他却将散了一桌的烟蒂用手扫在一起，还弯下腰将地上的一个一个捡起来。我们坐在死角的地方，所以应该来清理的店员根本没注意到。看着男人独自清理烟蒂、无人问津，让我有一种错觉，仿佛正在翻阅一本记录一个男人成长过程的相簿。

下午3点的“野猴宾馆”几乎全是空房。不论是进入宾馆或进入506号房时，长得像吉娃娃的男人都一副神色失常、焦躁不安的模样。真不知道他今天向我搭讪的目的是什么，难道只是想找人喝咖啡纯聊天？既然他愿意带我进来，我又何必多想呢？打开房门，映入眼帘的是和上次一模一样的格子条纹，顿时让我感到很安心。

男人穿着外套在房里四处张望，我趁这个时候赶紧跑到茶几旁拉开抽屉，我的小泰迪熊还躺在那个狭小黑暗的抽屉里。

忽然传来了女人的呻吟声，我回头看见那个“吉娃娃男人”双手插在大衣口袋里，坐在沙发上盯着电视画面。画面上是一个裸女。裸女和马赛克的画面交叉出现，其间还不时有乳房的特写镜头。我将小泰迪熊放回抽屉，走到男人身旁坐下，男人顿时紧张得身体僵硬颤抖，却一言不发地盯着电视画面。格子条纹的沙发、马蒂斯复制画、抽屉里的泰迪熊；我实在不知道，与长得像吉娃娃的陌生男人一起看成人影片，跟在隐约可见远方山棱线的客厅里和家人一起坐在沙发上看电视，究竟有多少不同？为什么我总觉得，不论是哪一个，都像隔了一层薄纱般的缺乏真实感。

男人以迅雷不及掩耳的速度把我从沙发紧紧抱起，推倒在床上。他的力气大得出乎我的意料。他连外套都不脱，却卸下我身上的外套和上衣，掀开衬衫，隔着胸罩抚摸轻揉我的乳房。男人的掌心非常冰冷。

“你好可怜！”他站在床边，弯腰抚摸我的身体。他把手伸进我的裙下，隔着内裤抚弄着我，接着用对待病患儿般的轻柔动作褪去了我的内裤，一边用手指接连抚触我的下体，一边梦呓般地反复念着：“你好可怜。”

我不知道，十六年又十个月前，情欲高涨的爸妈是在这家宾馆的哪个房间相拥紧抱，不过我暗自认定就是这个房间。这里是我能否降临世界的一个分界点。他们决定了我的存在，因此今天世上有个十六岁的我。

男人嘴里念着“好可怜好可怜”，却突然哭了起来。他的眼泪抹在我的脸和脖子上。我期待男人和我融为一体。如果不戴保险套直接射精怀孕，那这个房间将成为因果轮回下繁衍子孙的地方。而这样生下的孩子，终究也会在这个“野猴宾馆”失去贞操。老实说，如果今天我真的受孕了，也许就能摆脱那层老是挡在眼前的薄纱了。此刻的情况令人难以捉摸，但我确信一旦生下孩子，一切就会变得真实起来。就像我对森崎说的：“要变成一家人很容易的！”我忽然弄不清楚，这究竟是我的想法，还是妈妈在十六年又十个月前的想法？

然而，这个吉娃娃模样的男人没有行动。他甚至连大衣也没脱，只是爱抚轻揉我全身上下，然后又突然跑进了浴室。真没想到连上两次宾馆的我，竟然还是处女之身！

趁着男人在玻璃隔间的浴室淋浴，我把挂在墙上的画框取下来，抽掉了马蒂斯复制画，再将空白画框挂上。即使是只有抽屉里的小泰迪熊和空白画框这两个小小的改变，也让我觉得这个房间似乎比家里自己的房间要有亲切感。

我把马蒂斯的画揉成一团，扔进了垃圾桶。男人始终待在浴室里，我就用床边电话叫了餐。我点了鲜虾焗烤饭、生鲔鱼色拉和锅贴，最后还为这个男人加点了一瓶啤酒。

在浴室待了好一会儿才出来的男人依旧穿着大衣，看起来没有丝毫改变。他的头发已经吹干并梳理整齐。服务员送餐饮来时，不知道为什么，男人一直躲在浴室里。服务人员一离开，他才匆匆走出来，默默地喝着啤酒，吃着茶几上的菜肴。电视里依旧重复轮番出现女人的脸、马赛克和乳房特写的画面。男人不说话，我也只能默默地动着筷子。

每当偶然想起那平淡无奇，数度让我厌烦至极的日常生活，我就会畏缩胆怯，而这种感觉又像是能触及般具体鲜明。

现在是下午4点半，妈妈就快回到家，准备我的生日晚餐，菜包括寿司、碎肉卷和通心粉色拉。固然是不搭调的组合，但都是我最喜欢的。爸爸大概会提早回家吧。小光一定是声音粗粗地边发牢骚，边将写着“美娜生日快乐”的纸片往墙上贴，还会把饼干摆放在餐桌上。这一切，就像遥远的异国童话般浮现在我的脑海中。此刻，男人继续静静地吃东西。

饭后，我走到窗边，拉开格子条纹窗帘，看见涂黑的窗户，一时还以为是紧密的玻璃帷幕，其实只是普通的窗户。我推开窗户，发出了“吱吱”的声响，我不禁惊叹一声，眼前的景象竟和我家浴室外的几乎一样：枯黄色的田埂平坦宽广，远处有铁道横亘于天地间。像拉链般笔直的铁路仿佛是舞台布景上的涂鸦。白底红色的电车轻快地行驶其间，像极了拉链拉开时的景象。

我像个孩子似的张大眼睛，期待能在拉开拉链的那一方看到不同的风景。电车远离后，景色却依旧。

阿Q回力车

{ 爸爸的秘密 }

我心中依旧喃喃念着：“真想逃！”
不过转瞬间，我又不禁自问：“想往哪儿逃？
除了这个小小的家，我还能逃到哪里去？”

据说女儿男朋友的口头禅是“唉，想逃”，自从知道这件事，我发现自己也常这样咕哝。

此刻看着厕所里的镜子，我一样嘀咕着：“唉，真想逃！”尽管这么嘀咕，事实上当然是无处可逃。

我躲在厕所已经有一会儿了，接下来也只能心不甘、情不愿地走回座位。虽说是周六，但下午4点钟的印度料理餐厅没什么客人，只有坐在里面圆桌的一群中年妇女和我们这桌在入口附近的客人。我笑一笑地在饭冢对面坐下，她却毫无笑意。

“人要觉得知耻，才称得上是人。”饭冢似乎还想继续往下说。

我拿起面前早已没气泡的啤酒喝了一口。

“我认为不知羞耻的人和动物没两样，不是吗？因为知耻，所以我们会穿上衣服，不会在大庭广众下想做什么就做什么，对不对？”她继续说着。

虽然已经是黄昏了，但店里依旧辉映着金黄色的阳光。别在这种时候谈男女之情了，我冲饭冢使着眼色。

“你那是什么眼神，老爱撒娇！”看来饭冢会错意了。她侧过身去点了一根烟。我向从旁边经过的矮小印度服务员点了一瓶啤酒。

饭冢吐出的烟雾又细又长。她说：“我不用了。”又没人问她，把烟送进嘴边的饭冢却自顾自地这么说着。

“我觉得，所谓的道德就是知耻，这说不定是我们国家特有的呢！我们为什么不会在禁烟电车里吸烟呢？为什么不会去偷心仪的名牌呢？就算对年轻女孩的迷你裙兴致勃勃，大概也不能把手伸进去吧。为什么呢？因为做这种事见不得人。”

服务生送上来的啤酒满溢出来。这种蓝标“Maharaja”大亨堡牌的啤酒，酒精浓度低、口味淡，一点也不够味。即使喝三四瓶，大概晚上回到家也闻不出酒味吧。

女士们的谈笑声从远处那桌传来，灰尘在夕阳余光中上下舞动，印度服务员在柜台后方分食点心、轻声聊天。透过玻璃窗，可以看见不少高中生朝车站走去。每次看到女儿穿的学生服，心中不免会猜想：“这些女孩老爱穿这么短的裙子，班上的男孩看了也许会有生理冲动而持续勃起吧？”

“所以没羞耻心的人，可以说是无可救药！”饭冢或许发现了我心不在焉，拉高了嗓门。

我茫然地看着饭冢。记得当年我换到这份工作时，她也说过同样埋怨的话。记得她说像水晶月石等矿石类，到占星术、塔罗牌等算命商品以及芳香精油、营养品、有机蔬菜、杂货等，贩卖商品、乱无章法的公司是最诡异，又不可靠的。我真不明白，这些声称具有开运聚财、保健功能的商品，怎么会变成她口中的怪异商品呢？

目前这份无趣的仓储管理工作，是我大学一年级时社团认识的朋友仲手川介绍的。他是个正派的人。我记得当时饭冢也指责我没有羞耻心，啊！不，她当时好像是说我没自尊心或是没野心吧。总之，饭冢对我换工作的事感到很不满。记得她老念叨我没定力、没耐力，但我已忘记是在哪一次换工作时说的。是仓管工作之前？还是家教工会那一次？还是跟朋友合开有限公司那次？我真的不记得了。当然我也很清楚，现在饭冢并不是为了我工作的事而愤愤不平。

“老实说，我还真是被你这种头脑简单又恶劣的人打败了！”饭冢滔滔不绝地说完，突然把脸一横，撑开鼻孔，眼眶含泪。不过，她并不会让眼泪流下来。记得以前有个电视节目，曾经访问一位善于让泪水在眼眶打转的女演员，当时她表示只要努力练习，就可以有这种本领。这算什么本领呢？是表演的本领，还是让男人甘拜下风的本领？

“这个给你。”饭冢在烟灰缸里摁熄了烟，左手从包里拿出一个小袋子。是个橘色的小袋子，里头装有系着银丝带的橘色小包装。

“啊？”我只是笑，却不知道该说什么。

“虽然我真的很生气，不过你的生日也快到了。”饭冢看着窗外说着。

对了，下个星期日是“女儿节”（注：又称雏祭。日本每年在3月3日，在家中布置日本娃娃的坛台，祈求家中女儿健康幸福的节日），正好是我的生日。

“虽然我真的很生气，但我觉得没有比生日更重要的事了。”她说。

我问饭冢能否拆开礼物，她点了点头，仍望着窗外。我小心翼翼地解开银丝带，拆开橘色包装纸，里面是个蓝色小盒子，装了一块银质手表。饭冢纤细的手腕上也戴了一块同款的手表。

“记得我以前说过，我们家不注重生日，那种感觉很不好。我不喜欢忘记人家的生日，也不喜欢因为自己不开心，就不把生日当一回事。”她说。

我向她道了谢，脱下旧表，换上这块和她手上一样的对表。银质手表有着冰凉的触感。“很不错！”我抬起手腕赞美着。这块表值多少钱呢？一万日元？可能更贵？我实在猜不出来。

“我是个始终如一的人！就算一肚子火，也不会改变我的原则。”饭冢目不转睛地看着玻璃窗外来来往往的一家老小。

糟糕！我以加班为由，从中午就出门，原本预计傍晚回家的。

这下子，看来不去宾馆是不行了。如果从现在开始算，休息三小时后是7点半，加上回家的路程约四十分钟，那就非得要9点才能回到家。

“就算你跟我道歉也没用，把我惹火，可要付出代价！知道吗？”饭冢说完，过了一会儿，才扬起嘴角，微笑地注视我。

啊……真想逃啊！

我们已经认识二十年了，真正在一起大约十七年。

我和饭冢是高三时的同学，我们曾交往了几个月，但直到十七年前才开始认真交往，我之所以记得这么清楚，是因为前些日子女儿美娜刚满十六岁，换句话说，妻子怀孕是促成我和饭冢交往的契机。

倒不是因为不能和孕妇享受夫妻生活，转而和前女友重修旧好这种老掉牙的理由，可是，硬要说是这个老掉牙的理由，也不为过。

因绘里子意外怀孕，我的生活发生了巨变。她先前和美娜谈起我们的过去，说只是单纯的“小混混”谈恋爱什么的，根本是个天大的谎。事实是，一个打工的单纯大学生中了绘里子设下的圈套。总之，在兵荒马乱之中，决定了预产期、结婚日期、大学休学、购屋、每个月的房贷、搬家等，人生的各种大事都在短短的时间里迅速一一确定，唯独工作没着落。尽管当时正值泡沫经济的高峰期，但对一个大学休学又有小孩的年轻人来说，还是很难找到工作。我的父母答应在我找到工作之前支持我们，甚至还愿意负担我的学费，让我念完大学。绘里子的母亲却极力威胁我，指责我不负起养育孩子的责任，她不能把女儿交给一个失业的懒鬼，甚至拿出丈夫的遗照，哭诉心爱的女儿将要挺着大肚子出外工作。为了顾全面子，我只好急急忙忙地去找工作。

我硬着头皮一边拿着初中、高中和大学的通信录，一边拨电话找同学给我介绍工作。当时帮我介绍工作的就是饭冢。虽然只是一般的工作，和打工类似，是保安公司的职员。

直到今天，我还时常幻想，如果当时绘里子没有怀孕，或许我会念完大学，正常就业，不会老在换工作。说不定现在可能早就是个小主管，还有余裕拿钱回家孝敬父母，不至于这把年纪了，还老是接受家里的支援。想着想着，竟然产生错觉，以为幻想中的生活确实存在。

当年没有意外怀孕的话，我也不会和高中时的女友重逢，即使和她在市里巧遇，恐怕也想不起饭冢麻子这个名字吧！

“你看，是情侣表呢！”饭冢躺在铺着格子条纹床套的床上，举起左手腕在我面前摇晃。我早就注意到了，但还是说：“真的啊！”

我戴上那块刚收下的手表，示意该离开了，然而裸着身子的饭冢还搂着我，把头埋入我的右胸，静静地说：“我从来就不敢奢望要有一个家，对不对？也不会在节假日吵着要和你见面，更不会无理取闹、要求一起去旅行。我真的不在乎这些。但你就是不能去找别的女人，不行就是不行。你明白我的意思吗？”

“我明白。”我说，“我明白你的意思。对不起，我真的很抱歉。”

“没关系，明白就好。”饭冢抬起埋在我右胸的脸，眼眶里和刚才一样，泛着泪光注视着我。

“该回去了。”我说。

原本打算在车站等电车时给小三奈打手机，不过饭冢执意要开车送我，我只好搭她的车到家附近，也就没机会打手机了。我家前面有公车站牌，我要饭冢在前两站让我下车，顺便去逛便利店。虽然没啥事，但我非得进去逛逛。我想买几瓶啤酒，走进店里，里面有几个与我年纪相仿的男性客人，和我一样漫无目的地闲逛。我买了三瓶气泡酒，走了出来，正想从大衣口袋掏出手机打给小三奈，忽然发觉饭冢的车子还停在对面的车道。天啊！太恐怖了！我不得不松手，让手机滑回口袋，并朝回家的路走去。这个时候，还隐约听到背后传来轻轻的喇叭声和引擎声。

从便利店走回家大约需要二十分钟，沿途没有任何商店或自动贩卖机，只有亮着的街灯和稀稀落落的行人。他们大多是社区的居民。社区居民一天到晚就像进行恒久运动般地来回于便利店和社区之间，当然我也是其中之一。

我脑子里想着小三奈。今天就不打电话联络了。即使不联络，小三奈也不会吵闹啰唆，更不会像饭冢那样含泪说教。我最近深深发现年轻的美好，怎么说呢？因为年轻人缺乏历练，只会一把眼泪、一把鼻涕地哭泣，脑子里也欠缺表达情感的词汇，更不会对人说教。但随着年龄的增长，积累各种经历之后，自然也就世故了。虽然没什么不好，可如果在某些事情上刻意装老成，就令人嫌恶了。饭冢就是一例。说什么道德就是羞耻心，到底是什么意思？上次还争辩“得手”和“获得”的意思不同，简直就像一台“说教机”。

我边想边走在回廊上。虽然有钥匙，还是按了门铃。

“老公啊，不回来吃饭就该事先说一声啊，四个人吃饭跟三个人吃饭，分量看起来虽然一样，但就是不同。那是什么？又买啤酒了吗？”一打开门，绘里子就啰里啰唆地嚷嚷。

“爸！礼物呢？你不是答应给我买新上市的烤巧克力吗？”美娜在后头发出和绘里子一模一样的声调，高喊着。

“啊！对不起、对不起！是我这个没用的爸爸不对！”我边说边关上大门，仰望着夜空，稀疏的星星落寞地闪烁着。我不由自主地想着：“哦！真想见小三奈。”

绘里子躺在床上，边翻阅图书馆借来的书边说：“我前几天查了一下这个房子的贷款余额，结果呀，竟然还有三千万日元！难道这几年来辛辛苦苦缴给银行的都只是利息吗？你不觉得很奇怪吗？”她把头埋在书里。

“真的吗？”我说完，滑进右侧被窝里。这时，忽然发现自己还戴着那块新表，于是取下来放在床边。不要说崭新的手表，就算是苏联制的Tokarev手枪，绘里子也不会注意到。

她头也不抬，边舔湿手指边翻页，自顾自地说：“好像有一种有护理人员的公寓，不是那种照顾病重的，而是盖在老人医院旁边，给身体健康老人住的老人公寓。听说住那里还要缴保证金呢！

很贵，最便宜的好像要三百万日元！而且每个月还要缴租金。真是奇怪，盖在那么偏的地方，还要缴和繁华地段一样高的租金。”

“怎么了？你妈妈身体不好吗？”我盯着天花板问她。天花板上到处沁着褐色的污渍。我忽然想到，今年生日刚好是我戒烟满七年。

“小贵，今年要怎么庆祝你的生日呢？”绘里子继续舔湿手指翻页说，“我觉得在家里吃手卷寿司就不错，但美娜想上馆子。原来Discovery Center那家难吃的面店倒闭了后，最近新开了一家很漂亮的寿司店。美娜说那家寿司店很像寿司吧，想去吃吃。怎么样，去不去下馆子呢？我想得三万块。”

“寿司店，不错呀！三万块我来付也可以啊！”我说。

“我问小光要怎么庆祝，想吃什么，他只会说不知道、没意见。这也算叛逆期？还真是没叛逆期的气势呀！”

大概五年前起，我和绘里子的对话就毫无交集。交谈沟通，应该是身心灵紧密契合下的产物。从五年前开始，绘里子就拒绝和我有肌肤之亲。原以为她总有一天会重新接受我，没想到一等就是五年。由于身体不再交合，沟通当然也不再有交集。虽然绘里子自认为是和我交谈，实际上根本是沟通不良。

“三万块啊……有点贵。没办法，我增长工作时间吧。”她说。

“我不是说我付吗？”我说。

“啊……眼睛很酸，睡觉吧，帮我关灯。”绘里子说完，把书放在床边，钻进了被窝。

房里突然变得寂静无声。我没关灯，直盯着天花板。我像个孩子，试着把褐色的斑纹描成动物的图案。没多久，床铺左侧传来深沉的呼吸声。记得刚结婚时，我还常嘲笑她入睡之快，几乎和漫画《机器猫》里的男孩大雄不相上下。

绘里子当时拒绝和我再有肌肤之亲，是因为我那次可笑的外遇。那次的外遇对象不是饭冢。那个人叫……五年前我的工作是什么……噢，对了，是藤野公司的百合。藤野公司是藤野开设的，号称以外派为主要业务，但工作内容并不固定。那次可笑的外遇，竟成了横在我们夫妻间的巨石。其实那次外遇根本就没有原不原谅的问题，早就被我抛到九霄云外，忘得一干二净。只是，无性生活的状况一直持续下去。

可笑的外遇，指喝醉的那一次。百合是那家公司的总机小姐，二十多岁，喝醉了就显得特别淫荡。我们两人相约喝完酒，半推半就地去了百合的公寓。而事发的原因也很可笑。我居然在不知情下，把两人发生关系的事告诉一个自以为是百合男朋友的年轻人，导致那个盛怒的年轻人跑去跟绘里子告了状。

就这样五年过去了，我们之间既没有接吻也没有爱抚，她彻彻底底地拒绝我。但是，绘里子完全没有察觉到还有别的女人，不论是饭冢，还是其他短暂交往的女人。由此不难发现绘里子自身的偏执。就这一点，饭冢只要有八分异状就会察觉，还会话里带刺。像这次，原本以为天衣无缝，却还是露了馅。直到现在，我还是不知道自己哪里泄了底。

我用枕头旁的遥控器关了灯。黑暗中传来绘里子细微的打呼声。不知从何处传来水珠轻轻滴落般的说话声，是美娜在房里讲电话吗？还是楼上住户正在看电视呢？虽然无法确定声音从哪儿来，不过的确有人在喋喋不休。伴着细碎的说话声，我沉沉地睡去。

由于接连几天既没有时间见面，也无法打电话给小三奈，这天我提早一个钟头出门，打算早点到公司，好好写一封电子邮件给她。然而我在公车站遇到美娜。站牌前早已排起了长龙，排在中间的美娜挥着手，让我插队排在后面。

“你最近晚出门了，以前挺早。”我说。今天挺暖和，站牌对面的矮墙后开了艳粉色的梅花。

“你明明知道我晚出门的原因，还明知故问。”美娜草草地回答，然后咬着指甲。

什么原因？我明知故问？我满心疑惑，却含蓄地笑了笑。

“上次……那家寿司很好吃。不过有点贵，妈妈吓得紧张死了。爸爸每次加啤酒，她的眉毛就抖个不停。”美娜轻松地说。排在美娜前面的是和我差不多年纪、身穿灰色套装的上班族，我后面是一位像是职业妇女的中年女子。这两个人看来都像是为了打发无聊的等车时间，竖起耳朵听我们说话。

“那里原来是家面店，我和妈妈去过一次，很难吃。但我们班那个木村花，上次爸爸说老嬉皮什么的，就是她，听说特别喜欢那家的面，她是不是味觉有问题啊？”她说着。

已经到我肩膀高的美娜，用她独特的音调和词汇说话，内容却和绘里子如出一辙。也因如此，我和美娜单独在一起时感到很困惑，因为常常弄不清楚究竟是在和谁说话。

美娜忽然沉默不语，拨弄着肩上的书包，然后倏地抬起头，看着梅花说：“爸！你爱过妈妈吗？”

这突如其来的问话，令周遭的空气仿佛瞬间凝结了。不论是排在美娜前面那位穿灰色套装的女士，还是排在后面的职业妇女，或是更后面刚步入老年的“银发族”，甚至是更前面的少女，大家都竖起耳朵，全神贯注地等待我的回答。

“你怎么突然问我这个？”我低声问美娜。

她仍然看着前方说：“妈有点不对劲啊！说危险还不至于，不过真的有问题。而且最近有不少恶作剧的电话。”美娜一股脑儿说完，“那些电话大都会算准妈回家的时间才打，妈以前接到这种电话，不是都会在吃饭时说有不少怪电话、真讨厌什么的，最近却什么也没说，只是默默地接听无声电话。这，绝对有问题啦！”

“美娜，求你不要说了，不然小声点。”我在心里这么祈求，但无言的压力对她没用。她说：“上次也是……算了，不说这个了。就是因为妈最近真的很怪，才问你啊！人呢，如果被爱得不够，真不知道会做出什么事呢！啊！爸，公交车来了。”

我们前后大约五个人一起朝公交车开来的方向看去，这是大家确实在认真听美娜说话的证据。在蒙蒙的空气中，白色的公交车驶来了。

公交车在美娜就读的高中前面停下来，有三分之一的乘客下了车。

“爸，拜拜！偶尔也买个礼物送给妈！”美娜大声说着，走下公交车。穿着黑色运动外套、花格子迷你裙的高中女生和穿着灰色长裤的高中男生，仿佛一大群朝同一个方向前进的外层空间生物。转眼间，美娜已消失在学生人群中。

“爱？当然爱啊！”我心里这么嘀咕着。先是意外有了孩子，而后连亲吻也被绘里子拒绝，如果不爱你们，今天我怎么还会在这里？大学休学后拼命找工作，只要有好一点的工作就立刻跳槽，忍辱接受父母的资助，就算外遇也只是逢场作戏，天亮前一定回家。守着破旧的社区老房子，过着朴素的生活。如果没有爱，怎么过得下去?

当我回过神来，公交车早已开动。美娜和那群学生已被远远地抛在后面，不见了踪影。

下午5点下班后，我走出办公大楼，接着讶然呆站着；饭冢的车就停在办公大楼对面。没关系，反正到处都有白色喜美轿车，假装没看到走掉，这时响起了喇叭声。我转过头去，只见饭冢从驾驶座窗口探出头来，挥手。

“有事吗？”我把头凑近驾驶座的窗口问。

“没事啊。今天早下班，所以过来看看。一起吃饭好不好？”

她说。

饭冢在市中心租了房子，在一家皮革公司上班。从高中毕业至今，她一直待在同一家公司。饭冢常说，虽然是朝九晚五、不加班但无趣的行政工作，不过很稳定。还笑着解释所谓稳定，并不是指经济，而是指不会有突发状况。稳稳当当地在市中心上班的饭冢，上班地点离这里有三小时的车程，为什么会在下午5点出现在这里呢？

“不好意思，今天不太方便……”我中午已和小三奈约好晚上见面。

饭冢对我的回答充耳不闻，径自推开副驾驶座的车门，不耐烦地说：“快上车，不然会挡到人！”

后面的日产轿车适时按了按喇叭，像是为饭冢帮腔似的。我无奈地钻进副驾驶座，饭冢立刻踩油门往前开。

“抱歉！今天真的不行，我跟别人有约啊。”我说。

饭冢放进CD，是fishmans（注：日本的摇滚乐团）的歌。她单手调整音量，说：“今天有春天的感觉。不过听说明天又会变冷呢！很舒服的天气，我们先去露天咖啡馆喝点饮料，再去意大利餐厅吃饭，怎么样？我请你！”

“我真的有约。抱歉！”我反复说着。我和小三奈约好6点钟在离公司最近的车站圆形广场里的麦当劳碰面。“我后天有空，但今天不太方便。”

“你要去见那个女孩？叫什么来着？名字听起来蠢蠢的……”

饭冢微笑地说着。

路况很顺。大众餐庭和快餐店零星散布在道路两侧，商店的招牌也逐一亮起。

“不是！！那个上次就结束了呀！”我不耐烦地回答。

饭冢静静地握着方向盘，猛然左转并用力踩刹车。后面响起了喇叭声，没系安全带的我，头正好撞到车厢上方的手把，然后往前扑倒，我在惊慌中睁开眼睛，隔着风挡玻璃看到铺着细沙的地面，车子停在鳗鱼餐厅停车场的正中央。我转头向驾驶座，正想抱怨，却看到饭冢趴在方向盘上哭泣。

“只是吃顿饭，有什么关系？只吃顿饭！难道连和我吃饭的时间也没有？太过分了！贵史，你太过分了！”她说。

“我不明白你在怀疑什么，不过今天真的是工作上的应酬。上次不是跟你说我们公司将来也要卖CD吗？主要是卖外国的环保音乐，而且听说要举办音乐家巡回演出。今晚就是为了和对方攀上关系，必须和他们坐下来谈谈，看这次可不可以由我们公司卖门票，或是以网络限量贩卖现场录音盘。我说的都是真的。”我竭尽所能，把在办公室听来的只字片语凑成一段话，但饭冢依然把头埋在方向盘上低声呜咽。

我看了一下手表，心中盘算着：现在是5点30分，如果花一小时吃饭，再花三十分钟搭出租车到车站前的圆形广场，应该可以赶在7点到吧。

“一小时大概还可以吧……去市中心会有点赶，在这附近可能比较好……”

“可以吗？”饭冢总算抬起头来。从脱落的睫毛膏可以看出她确实哭了，脸颊上还留着几条染着黑色睫毛膏的泪痕。

“只有一小时……”我看着窗外说。

原本满天的紫色，转眼之间渲染成深蓝色。

才走进一家中国家常菜的馆子，我和饭冢轮流上洗手间；饭冢是为了补妆，我是为了给小三奈发短信：“虽然和客户谈公事耽误了时间，不过今天一定要见到你。”

不到一分钟，小三奈回了：“嗯，没办法，那我在车站里面买东西吧。不过如果过了一个半小时还没来，我就回去！你得请我吃大餐！”

饭冢心情愉悦地吃遍桌上的辣烧虾仁、八宝菜和水饺。我为了待会儿和小三奈一起享用美食，尽可能只夹菜但不吃。6点一过，携家带眷的客人鱼贯走进餐厅，门口的叫人铃声不绝于耳，服务员来来回回，小孩尖锐的声音夹杂其中、回荡不已。饭冢完全无视这些排山倒海的喧闹声，始终笑容可掬地聊同事的事、孩提时代过“女儿节”的往事以及她对中国菜馆的回忆。我边笑着附和，边小口啜饮啤酒，还从桌子底下偷瞄手表。

大半的菜肴都被饭冢一扫而空，盘子上只剩残余的油脂。饭冢笑着说：“该走了吧，你的时间也差不多了。”

难道她刚才又哭又闹，只是肚子太饿的缘故？饭冢的个性是不会无理取闹的，她是个文静而且理智的人，深知如何保护自己。唯一美中不足的是，当她极度饥饿或疲倦时，往往会变得暴戾焦躁。这种情况我已经司空见惯了。

“喂，”我问正在找账单的饭冢，“你……有没有打电话到我家？”

虽然我只是无心的一问，饭冢却怒目瞪视。这时后悔也来不及了。本已起身的饭冢又缓缓坐下来，视线的焦距微微晃动，泪水逐渐积满眼眶。

“你这是什么意思？”她声音沙哑地问我。

饭冢刚刚找的账单好端端地挂在我的椅背上。我笑着把账单递给饭冢：“没打就好！我只是有点在意，所以碰到认识的人都会问一下。抱歉！抱歉！我们走吧。”

“你这是什么意思？”饭冢没有离开的意思。她的嘴唇颤抖着，泪水从睁大的眼眶中潸然落下，才刚补好的睫毛膏又再次脱落，黑色的眼泪又再次布满饭冢的脸颊。

“对不起啊！”我说。

“你以为，我会为了找你麻烦而打骚扰电话吗？”饭冢以前所未见的姿态，涨红脸使劲地怒骂。店里渐渐安静下来。不论是携家带眷的客人，还是忙碌的服务员，全都停下来看着我们。不用回头，我也知道背后众目睽睽的景象。

“十……十……十七年了，和你在一起十七年了！这些年来所有讨厌无聊无奈的事，我全都忍过来了，都熬到现在了，我怎么可能还会打无声电话骚扰你呢？”

我把两只手放在饭冢的肩膀上，说：“知道了，抱歉抱歉，我没有责怪你的意思。最近因为家里装ADSL上网线什么的，电话怪怪的，所以我才问大家有没有打电话来。我又没说是恶作剧的电话，你误会了！”

今天究竟有多少人瞧见我们的窘态？有多少人听到我们可笑的对话？又有多少人在猜测我的人生际遇？算了，这些都不重要。现在几点了？不行不行，如果现在低头看时间就完了。我一边看着饭冢，一边就视线所及看是否有时钟。在饭冢右肩后侧远方，也就是门口侧边似乎有个时钟。不知道饭冢会不会大吼大叫。

“对不起。”饭冢轻声道歉，她低头取出手帕，按压脸庞。我以迅雷不及掩耳的速度瞄了一眼时钟，6点53分。没救了。

“我最近有点不对劲。常会为了芝麻小事，无法控制自己的情绪。我不知道自己怎么了。你知道为什么吗？”饭冢像孩子似的低声自语，黑色的泪水持续往下流。

店里逐渐恢复嘈杂。这些携家带眷的客人，明明在我背后窥视，却仿佛若无其事地继续用餐。我回想起十五年前、七年前和一年前饭冢的模样，这些过去的身影和眼前的饭冢重叠在一起。她总是一脸笑容，即使白眼瞅着我时，也是堆满笑容。这个沉着又温和的饭冢。

“事到如今，我不会要求你给我一个交代。我不想独占你。我也不曾想过要和你结婚，真的，但有时候就是受不了，想见面却无法见面，想在一起却无法在一起。以前这些都不是问题，最近却让我无法忍受，简直快抓狂了！”饭冢低垂着头继续说。

我无奈地啜饮着早已没气泡的半杯啤酒。窗外一片漆黑，对面店家紫色的霓虹灯招牌，在夜空闪烁着光芒。饭冢，我也不知道是什么原因让你变成这样啊！

“对不起，让你来不及去谈公事了。”饭冢仰头灿烂地笑着。脸上的黑线让她像极了“腹语娃娃”。啊！真想逃！真想立刻逃离这里！

平日的动物园显得十分空荡。小三奈一看到企鹅的告示板就向前走去。我看着她的背影，慢慢地往前走。也许是小学远足吧，一群头戴黄色帽子的小朋友列队从我身旁经过。小三奈的身影在孩子后面飘动，白色蓬蓬裙和米色外套离我越来越远，她忽然转身挥舞着手。

小三奈伫立在企鹅栏圈前专注地注视着帝企鹅。约略十只企鹅整齐一致地仰望天空，这是个万里无云、天高气爽的晴天。

“再过五分钟，就是喂食时间了。”我边看告示边找话说，小三奈却全神贯注地看着企鹅。都二十六岁的人了，还像个孩子似的，也难怪外貌始终能保持年轻呀！

记得初次见到小三奈时，她留着一头橙色及腰的长发，我还误以为是十几岁的工读生。没想到她利落的身手令我震撼。小三奈在一家承包我们公司计算机业务的程序设计公司上班，每个月会来公司更新修改网页内容。我们的交往在公司里当然极为机密。小三奈明明知道，却常常故意在仲手川面前，假装不经意地脱口而出，“京桥先生说不定是个闷骚型的波霸花痴呢”或是“我绝对不会跟京桥先生这种人结婚”！

喂食人员将细长的饲料鱼抛向空中，企鹅争相吞咬着。抛出的鱼像划过浅蓝色天际的银色条纹，腥臭味扑鼻。隔壁栅栏里的海狮看到帝企鹅的饲料鱼，全都紧贴着岩石隔间，对喂食人员投以渴望的眼神。

“看着看着，我也饿了，想吃炒面呢！”不一会儿，小三奈就厌倦了“喂食秀”，转头对我这么说。

“我们去商店看看，要往回走点路呢！”小三奈说完，露出花朵绽放般的笑容。她伸出手和我十指紧扣地走着，就在这时我闻到甜蜜的香味。

猩猩栅栏前有家商店，门外摆放桌椅，好几家人正静静地在那里用餐。小三奈去店里买东西时，我茫然地望着这些人。坐在婴儿车里的小婴儿，老是重复问同样问题的四岁幼童：为什么小猫熊的大便不臭呢？为什么？为什么吃草的动物大便就不臭呢？为什么……以及染了一头金发的年轻夫妻。近来的父亲都很年轻啊！不论是戴编织帽的男人，还是穿针织衫的男人，看来都和我儿子差不多年纪，让我仿佛是看到小光带着他儿子散步似的，心中感到困惑。

小三奈捧着放有炒面、烧章鱼、烤饭团、薯条和纸杯装生啤酒的托盘过来。

“多少钱？”我问她。

“不用不用，我请客！”小三奈边说，边把生啤酒靠近嘴边，仰头畅饮。

“小三奈，你真令人羡慕！”我不禁这么说。

“令人羡慕？什么意思？”小三奈看了看我，嘴唇上沾着白泡沫。

“怎么说呢，你经常都是气定神闲的，我很羡慕！”我说。

“什么意思？完全听不懂耶！”小三奈转了转睁大的眼珠子，吃起炒面来，“噢，令人怀念的味道。好像庙会炒面的味道。小贵，尝尝看！”

忽然传来女人的尖叫声，我不由自主地转过头去。纸杯打翻了，洒了一桌的冰块和果汁从桌缘滴落，尖叫的母亲继续绷着脸怒斥孩子，父亲默默地整理桌子，孩子垂头丧气地站着，咬紧牙根瞄着怒不可遏的母亲。不少和我一样转过头去的人，以一副未免大惊小怪、小题大做的神情看着那个母亲。母亲似乎深深感受到周遭的异样目光，但在下不来台的情况下，反而提高嗓门，连孩子几小时前犯下的错也再次重提，一并责骂。孩子盯着母亲，小小白色耳垂涨成赭红色，却毫无哭泣的样子。可怜的孩子，使尽全身的力气强忍着。

“今天真暖和……啤酒真好喝！”广场附近的人们将目光集中在这位盛气凌人的母亲身上时，小三奈却丝毫不受影响，依旧安然自若地拿起薯条放入口中。

吃完饭，小三奈要求去昆虫馆。由于昆虫馆在园区的入口处，当我们回程经过马来貘栅栏前，突然有种似曾相识的感觉涌上心头。万里无云的天空，熙来攘往的人们和婴儿车，鹤鸟栅栏，五颜六色的鹦鹉栅栏，鹦鹉高亢的叫声以及入口处蓝色的铁栏杆。

“怎么啦？”小三奈发现我停下脚步，转过头来问。

“啊，吓了我一跳，还以为在做梦。其实我曾经来过这里！”我说。

“什么！你忘了来过这里？这种事应该不会忘记才对呀！”小三奈事不关己地说着，就拉着我的手朝昆虫馆走去。

我真的忘得一干二净了。老实说，生活中绝大多数的事早被我遗忘了。从女朋友怀孕、举行婚礼到小孩出生之后的种种往事，大都没什么印象了。何时来这里？为什么来？当时吃了些什么？搭乘哪种交通工具来的？全都想不起来了。

然而，曾经在这里漫步的景象，早已像一幅烙印在我脑海里的画，此刻当我又站在相同的地方、相同的角度时，这幅画从脑海里被重新唤起：那天是个晦暗寒冷的阴天，动物园没什么人，好像只有我们四个。美娜和小光都还很小。美娜穿着淡粉红色外套，小光穿天蓝色夹克，两人在我们前面边走边闹；美娜一站起来，小光就蹲下，小光一站起来，美娜就蹲下，他们以这种奇特的方式前进。我完全无法理解这有什么乐趣可言，他们却一路上一蹲一跳地前进，周遭荡漾着小孩子独特的纯洁笑声。这时，小光突然跌倒了，走在我前面的绘里子高声怒斥，要他们好好走路。美娜和小光手牵手，以漫画般的滑稽表情，回头好像看着我们表示，糟糕了。不过，不一会儿，两人又继续一蹲一站地前进。

我走在他们后面数十米处，看着这完美的画面，忽然涌上来一种感动得想哭的心情。头顶上方灰色的天空，四周显得灰蒙蒙的，粉红色的美娜，天蓝色的小光，马来貘栅栏和成群的鹦鹉，回荡其中的孩子们的欢笑声，一切是如此完美。

我的双脚逐渐发软，站不稳了，因为我发现如果当时不在，就看不到那个画面了。以前也有过这样的感受吗？那样的感受似曾相识。记得小学三年级拿到水彩画冠军的感受就是这样；在就读高中的美术社团里，大多数油画都获得极高的评价，也是如此感受；上高中才学的吉他也弹得马马虎虎，但在校庆演奏会上几近完美的演出，让我兴奋不已。可这一切，和浮现在我眼前的画面相比，显得如此微不足道！阴暗的天空下，一会儿站、一会儿蹲下的小女孩和小男孩……

和这完美无瑕的画面相比，我之前的体验竟是如此渺小、不足为奇。

对了，记得那天绘里子的心情并不好。当时小光身体不太好，绘里子认为不应该在那么恶劣的天气出门，一早就连正眼也不瞧我一眼。一脸不悦的绘里子身穿满是毛球的黑色大衣，我依旧穿着父亲在我十几岁时送我的厚毛粗呢大衣。我们俩显得非常邋遢、穷酸、渺小而悲惨。然而眼前的景象是我们俩创造出来的。如果没有我们，也不会有这一切，不论是粉红色的女孩、水蓝色的男孩、马来貘，还是眼前瞬间的完美幸福。真是太了不起了，不是吗？

“你看你看，这个毛毛虫，啊！很恐怖，不过……哇！快看快看，它在吃叶子！”小三奈抓着我的大衣袖口，靠近毛毛虫展示箱。像食指般粗、绿色白点的虫子静静地伏在叶面上。

“小贵，那边有野生饲养的蝴蝶温室，我们去看看吧！”小三奈拉着我的手，碎步跑向温室，一打开玻璃门，湿暖的空气迎面扑来。白底黑线花纹的蝴蝶在眼前飞舞。这里是人造的南方乐园，遍地开满了扶桑花、九重葛、郁金香、罂粟花，以及黄色、紫色不知名的花儿，绿叶繁茂，难以数计的蝴蝶翩翩飞舞，温室中央有一条小溪穿流而过。

“哇！太棒了，简直就像天堂！”花木沿着斜坡边生长，小三奈慢慢地走下去，她说：“喂，人死后应该也会到像这样的地方吧？”

仔细观察盘根错节的细枝条，发现褐色的蝴蝶静静停在枝上，有的也停在小花瓣上，插入管状触角吸食花蜜。另外在“模拟草原区”里，在茂密的银莲花丛里仔细找，也看到了好几只蝗虫。两只小小的蝗虫兄弟，慢慢靠近一只红、黄、蓝交织，正在吸食花蜜的蝴蝶。

“以前念职校时，有位老师说过，上帝创造的东西最美丽。”小三奈的视线追着舞动的白蝶说，“我不确定是老师说的，还是哪个死去的画家说的。反正意思就是上帝造物是最美丽的，而所有画家都只是争相模仿上帝造物。反正当时我也不认识上帝，所以并不觉得这句话有什么。”

当年，我也来过这里吗？那个时候好像没有蝴蝶温室，但又仿佛曾在这花团锦簇的极乐世界看到粉红色和水蓝色的小外套若隐若现，他们像是不存在这个世上的奇特生物似的。

“那位老师呀，说有个画家，名字不记得了，画家曾说，和上帝相比，人类是无趣而平凡的，充其量只是会模仿。但即使平凡的人，也想尽力创作出自认为最完美的作品。我为什么记得这么清楚呢？因为，那个老师每次说到这些都会感动落泪。可是，我只要看到这么美丽的东西或地方，就会联想到迪斯尼电影。对我来说啊，迪斯尼电影就是上帝。”小三奈自言自语，完全不在意我是否回答。

而我虽然极力想记起十几年前那个冬日往事，无奈事与愿违。不论是昆虫馆、企鹅还是那天的午餐，我完全不记得，只想起入口处对面的景色像一幅画。

“你在想什么呢？小贵，从刚才就很安静呢。”小三奈在回程的地铁里端详着我的脸问。

车厢内居然异常拥挤。乘客大都是二十岁左右的年轻男女，全染了一头褐色头发。也许附近有大学或职校吧。

“我不是说我去过这个动物园吗？”我低声告诉抬头看我的小三奈，被车厢的人潮推挤到门边的我们紧贴在一起。

“我只记得曾带孩子去玩，其他的全不记得了。以前也常和饭冢谈家里的种种，不过最近只要一说到小孩、妻子或家里的事，她就会大发脾气、哭泣，所以只能谈些无关痛痒的事。我已经好久感受不到无所不谈的解放和轻松了。

“当时那两个小鬼天真又可爱，不像现在老是自以为是，又爱说些放肆无礼的话。我记得那天他们包得像粽子一样，一路上‘咯咯’笑，那个画面真是太棒了！”

小三奈不会钻牛角尖，她总是柔顺地听着并接受我的说法，绝不会借话里的矛盾或抓语病，让自己变成“被害妄想症”的主角，故意大做文章、争吵不休。“哈哈哈……”小三奈把头埋进我的胸口笑着，“那个画面真是太棒了，对不对？”

“是啊，我无法形容有多棒。就算当时我家老婆大人一脸怒气冲冲，但我总觉得一切都会否极泰来。真不知当时是怎么想的！”我说。

“小贵，你真是个心直口快的人呢！”小三奈仰头看了我一眼，又埋进我的怀里笑着。车厢内充斥着年轻男女的低声细语，偶尔夹杂着嬉笑声。小三奈的颈项正好落在我视线的正下方，我不禁低头轻吻着。

“我在你公司大门口等到晚上6点，都不见你的人影，所以打电话进去，他们说你一整天都在外面拜访客户。这话听起来就不对劲。不管是拜访客户还是偷懒，我料想你不会去搭公交车，一定是搭电车，也一定会在这个车站进出。所以我从7点一直等到现在。”是饭冢，她从头到尾、一五一十地大声说着。纵使她这样努力说着，我还是在状况之外，完全无法理解怎么会遇到她，我甚至还忘了把牵着小三奈的那只手抽回来。

车站二楼收票闸门紧连着楼梯，我们三个人就站在楼梯下，整个气氛仿佛是在“修罗地狱”。过往的路人，有的下班进站搭电车，也有下车出闸门回家的，全都毫不掩饰地对我们投以兴趣盎然的眼神。

“你为什么不上班？也不想想都几十岁的人了？”饭冢说话字字分明，清楚有力，像个在训诫学生的女老师。我暂时松了一口气，目前似乎看不出她会像上次一样怪声乱哭。不过，我现在该怎么办呢？

“你怎么还不明白呢？你不知道世上没有人比我更为你着想的吗？我可以拍胸脯保证，不论是你老婆、你父母，还是这个乳臭未干的笨女人，没一个真心在乎你。我告诉你，现在是你最后一次重新振作的机会，你怎么就是听不进去呢？如果你还是像过去那样，像个痞子，不把身边的人放在眼里，又鄙视女人，老是用那种敷衍搪塞的心态，把事情推给别人，你认为这样好吗？”饭冢说话的口气像是在背台词。

我本应思考如何脱困，无奈脑子里像弥漫着雾一片空白。那个穿米色外套、边爬楼梯边看着我们的男生，该不会是工读生奥村吧？那个穿运动外套制服的男生，该不会是美娜的男朋友吧？这些担心在我的脑袋里不断出现。

“这种情况总不会永远继续下去吧？你真的明白我的意思吗？大家也不会永远假装不知道吧？这一切总有摊牌的一天，我们总要学会长大。不论远足还是舞会，终究有曲终人散的时候，总要回到现实呀！”我忽然想起还握着小三奈的手，真想看看她是以何种表情看着饭冢？可惜饭冢紧盯着我看，害得我无法转动视线。虽然我应该对现在的状况采取行动，不过，小三奈的手又干又小又温暖，让我不想松开。

“我不是要求分手。我只是希望你能振作点，不要像‘阿助回力车’一样懦弱。也希望你不要再对身边的人视若无睹，包括我、你老婆和你的孩子。”饭冢一口气说完后，嚅动着嘴唇，一副欲言又止的样子，最后终究没再开口说话。

原本站在我面前出神地看着我的饭冢，突然蹲下来，将头埋在膝盖间低声啜泣。这使得我顿时和看热闹的路人四目交接。我决定放松心情，一扫弥漫在脑袋里的白雾，努力思考此刻理当思考的事。

……好想做爱。当我发现自己竟想着这档子事时，实在非常错愕。不过，身穿紧身窄裙的饭冢，蹲在地上低声啜泣的模样，确实让我产生欲望，下半身开始不安分起来。我感到不可思议，在眼前这种紧急的状况下，我居然只能像个不长进的高中生，满脑子只想着男欢女爱。过往的路人多以幸灾乐祸的眼神观看蜷蹲在地上的饭冢。

快想想正经事！对了，小三奈还在我身边，我慢慢地低头看着她，不由自主地静静嚅动嘴唇："赶快一起逃吧！"小三奈表情严肃地点头同意，并抓紧我的手，拔腿跑向出租车站。

出租车站没半个客人。一辆出租车迫不及待地打开车门让我们上车。坐在一旁的小三奈，气定神闲地告诉司机地址，随后还补了一句："短程，真不好意思。"出租车驶离招呼站，我回头寻找饭冢的身影。饭冢依然像个小女孩似的蹲在地上。在熙来攘往的人群中，她仿佛是置身在另一个空间，令人感到突兀。

"真是恐怖！"我看着小三奈，这才发现两人还牵着手。

"吓死了！还以为会没命呢！"我不假思索地嘟囔着。话一说出口，倒像说的是别人的事。

"真是恐怖死了！"小三奈笑着说。

"被吓的是我！"我也笑了出来。也许刚才过度紧张，我竟然笑得无法自已。

"她刚才说'阿助回力车'啊！"小三奈把鼻尖靠在我的臂膀上，笑着说。不管对任何人、事、物，小三奈都不会追根问底。和她在一起，让我得以应付自如、充满自信。

"说不定是'阿Q回力车'的口误呢！"小三奈不会钻牛角

尖。因为她很聪明，知道钻牛角尖也无法改变事实。

走进小三奈的小套房，还来不及脱鞋，我就吻她的唇，舔她的脖子，一手抚揉着她的乳房，一手掀起她的裙子。我已分不清究竟对谁产生欲望。管他呢！小三奈柔软又温润，有着甜蜜的味道。

“哎呀，等一下。”尽管小三奈嘴里这么说，但决不会拒绝我，反而还躺在地板上“哧哧”地笑。这个从我家要转一班公交车才到的小套房，玄关与厨房相连，厨房前面只有一间三坪大的和室。粉红色的窗帘遮去窗外的黑暗。我在昏暗的厨房里脱去小三奈的衬衫和内裤，忘我地抚弄、舔舐、轻啮她的身躯，小三奈被搔弄得“咯咯”直笑。

“刚才她一定是想说‘阿Q回力车’！”小三奈说着，这时我正在抚摸她的乳房。

“哪有人说‘阿助回力车’啊？”她边轻轻笑，边喘息着。

“对啊，是‘阿Q回力车’。”我气喘吁吁地喃喃重复着这个发条动力玩具车的名字。

为了对付饭冢的骚扰，我暗暗地进行一连串繁杂的琐事。首先是更换手机，并将饭冢的电话号码设定在公司总机里，以便能以不同的来电铃声区别；正好当时有线宽频公司在社区散发广告传单，我借此机会将家里的电话线从原来的MTT换成有线宽频公司，趁机更换了家里的电话号码；我甚至故意绕远路，改变上下班路线，为的就是避免饭冢威胁我平凡但恬淡的生活。也只有她会破坏我自认相当珍惜的家。

就因为我一心认定饭冢是破坏者，因此在那个难得能回家吃晚饭的日子，当我看到小三奈坐在客厅时，我全然无法了解这究竟是怎么回事，这已经超乎我的理解了。

此时，在我异常冷静的脑袋一隅，深深体会到，不速之客的出现，让我对时间和空间产生微妙的错置。那天是3月的最后一天，地点在我家，我的身份暧昧不清。这一切就像会令人不舒服的大理石花纹那样，全都混杂纠缠在一起，而我也对这一切感到绝望。

小光和小三奈坐在沙发，美娜在餐桌旁翻阅杂志，绘里子从厨房探出头来，向小三奈介绍我是一家之主。我一副初次见面似的点头致意。哦，不对不对，其实根本就不是时间和空间错置，而是几个本该不会有交集的事竟然交织在一起，让我感到难以形容的不协调感。我原以为身为“父亲”的我和作为“外遇情人”的我，是不可能碰在一起的。等等，说不定美娜、小光以及这个家之所以显得如此不协调，也是因为几个不应交会的事交织在一起的结果。我冷静地绞尽脑汁分析，希望找到解答，却陷入无法思考的混沌里。

“这位是北野三奈小姐，以后就是小光的家教老师。”老远就听到绘里子在外人面前，刻意拉高声调、拖长尾音的惯有的说话方式，“下个星期开始上课。正好是晚餐时间，所以我请老师留下来一起吃饭。美娜还是爸爸，你们谁来帮我准备晚餐？啊！美娜，你先擦擦桌子。”

“我想，我今天还是先回去好了！”小三奈正眼也不瞧我一眼，径自走进厨房和绘里子说着话。

家教老师？小三奈能教什么啊？

“没关系。只是些家常菜，四个人或五个人吃都一样。小光，你骑脚踏车到便利店买几瓶啤酒。北野老师，你先去前面坐着看电视，晚餐就快好了……”绘里子兴奋莫名的声音从厨房传了出来。

小光到房间拿脚踏车钥匙，边喃喃自语地说“真的要我去”，边走出去。美娜从吧台接过抹布擦拭餐桌。

看着看着，我的视线不知不觉与小三奈交会。小三奈面无表情地看着我。我才想开口，她就撇开脸，坐在沙发上，拿起手边的遥控器转换频道。这个女人，跑来这里想干什么？竟敢把我家的遥控器当成是自己的一样把弄？

“小贵，不要站在那里发呆，过来帮忙！这锅炖牛肉汤煮开后，帮我分装在碗里。”我像个接到远距离指令的机器人似的，向厨房移动。

“老师都用哪个牌子的粉底？”从刚才就偷偷注视小三奈的美娜，拿着抹布悄悄地靠近她。

“我用的是资生堂ipsa春季粉底。”小三奈说。

“真的吗？我也想要那一组粉底，可是我妈太小气了，不帮我买。”美娜说。

“你平常都在哪里买化妆品？”小三奈问。

“你知道Discovery Center吗？里面有一家叫Red Earth的药妆店。很便宜，三支口红只要一千块。老师，你的指甲是请人彩绘的吗？”美娜说。

“才不是呢，是我自己画的。下次帮你画。”小三奈说。

“真的吗？” 美娜问。

美娜跪立在沙发上，像只狗似的靠在小三奈身旁，喋喋不休。

“老公，真不好意思。是小光突然带她回来的。好像是看了小光贴在Discovery Center的启事，自己打电话应征的。小光英文不好，他说想学英文和计算机。听说4月开学后，学校计算机课要上架设网络虚拟商店的课程。那个小姐虽然年轻，不过好像很专业呢！”绘里子压低声音向我解释。

我不停地搅拌锅里的浓汤，红萝卜和土豆在褐色的汤汁里浮浮沉沉。

“真的很突然，一开始我也不知道如何是好，可既然小光第一次主动要求补习，不妨试试看。学费也算合理，而且小光最近都不太理人。虽然小光念的是完全中学不用考试，但听说成绩高低还是会对上高中有影响……”

隔着吧台，我注视着在沙发上聊天的小三奈和美娜。两人真像同年级的同学。一种潜入女校教室偷窥的罪恶感油然而生。

我突然想起我们家唯一的家规——开诚布公，尽可能不隐瞒，竟然早就被我抛到九霄云外，甚至连忘记“家规”这件事，也不记得了。小三奈和我的关系会在今天曝光吗？会在这个大伙儿愉悦地围坐在一起享用炖牛肉的家庭聚餐上，被拆穿吗？

“好热，流了一身汗。妈，平常喝的就可以了吧？”看小光那个样子，真不知道他到底是骑多快。

“哎呀，买啤酒才对，怎么买气泡酒呢？今天有客人呀！老师，真不好意思，请你喝便宜的酒。美娜，拿三个杯子来，我也要喝。”

大家依照绘里子的指示各就各位。小三奈坐在寿星的位子。今天如果换成饭冢，我还能理解，不会感到意外，但竟然是小三奈在我家。这个女人什么意思呢？那天她不是在出租车里把鼻子压在我肩上，嘲笑饭冢的吗？不是全身赤裸地在厨房边喝健怡可乐边说自己不想变成那种欧巴桑的吗？言犹在耳，为什么现在却在我家，拿着绘里子帮我冰镇的酒杯喝啤酒呢？

“我们边吃饭，边重新自我介绍吧！老师请。”绘里子说。

小三奈上唇沾着白色泡沫，腼腆地笑了笑。

小三奈张口说话的那一瞬间，我忽然有种错觉，当年那个避孕成功的京桥贵史，正在注视着我们。

那个也叫京桥贵史的人，像是我的莫逆之交，我对他的一切了如指掌。大二那年春假，他顺利地结束打工，也不再和打工时认识的女朋友见面，按照原定计划，用打工赚来的钱买了一部摩托车。那年暑假，他骑着摩托车到北海道环岛旅行。他早在大三就立定目标，毕业后进入电视制片公司上班。进入职场后，经常利用休假带着帐篷和睡袋，骑摩托车环游日本，一个人静静地打开素描簿画画；年近四十岁仍然保持单身，他和女友各自维持“独立不同居”的生活形态。

虽然他如愿以偿地过着他想过的生活，但不知什么缘故，他很爱看矫情造作的家庭连续剧。每次打开电视，总会在那个方盒子里看到同一个家庭上演着一成不变的居家生活。今天演的内容还挺有趣，爸爸的外遇对象竟然跑到家里。他决定喝着葡萄酒，好好观赏这个愚蠢家庭的好戏。

“我是北野三奈，大家都叫我小三奈。从下个月起，我要教小光英文和计算机，虽然所学有限，不过我在这方面还算有些经验。如果小光和美娜有任何问题，请不要客气，尽量问我。当然，我也会注意尽量不教他们坏事！哈哈！”小三奈说完，瞄了我一眼才坐下。

我是个演员，正为了电视机前那个避孕成功的京桥贵史卖力演出连续剧，这个在我心中产生的严重错觉，随着小三奈的说话声消失了。京桥贵史，就只有我一个，我既没喝葡萄酒，也没有摩托车。脑袋里渐渐浮现白雾，只有“阿Q回力车”这个没意义的名字，在脑海中“滴滴答答”地响着。我的手心重新唤起握着那小小塑料车的触感。记得当时我在塑料车上扎洞，希望跑得比别人快，没想到车子竟因此打滑旋转，远远地落在了后面。

绘里子、美娜和小光都在笑着。玻璃窗外，大地笼罩在春天清澄透明的深蓝暮色中，我们的身影映照在窗上。我心中依旧喃喃念着：“真想逃！”不过转瞬间，我又不禁自问：“想往哪儿逃？除了这个小小的家，我还能逃到哪里去？”

“接下来，请爸爸自我介绍，爸爸请！”在绘里子的说话声中，我看见一个面带尴尬笑容男人瘦弱细长的身影映照在玻璃窗上。

空中庭园

{ 妈妈的秘密 }

眼前我的丈夫却和母亲一模一样，

只想把理应深藏在心底的事特地说出来。

他想保护的不是我们“开诚布公”的家规，而是他自己。

记得我在九岁那年曾经想过，一旦想出完美的犯罪手法，就要写成小说。几年之后，我的想法变了，只要能想出完美的犯罪手法，就要付诸行动。不过，我始终想不出完美的方法，这么多年过去了，现在的我既不是小说家也不是罪犯。

“那女人在结婚头一年的母亲节来过这里。说你哥哥工作忙不能来。她只带了一盆迷你玫瑰和一盒小得不能再小的蛋糕。没什么，还不是老一套，夸耀她娘家的事，说每次都会去别墅过父亲节、母亲节什么的，还说每次都玩纸牌呢！真受不了，还不是因为没人理她，才来找我这个老太太来炫耀。”母亲喋喋不休地说着。

客厅里杂乱不堪，但并不脏，看不到堆积的灰尘和黑黑的污渍。只是，客厅里到处都是折叠堆放的纸袋、饼干糖果的空包装盒和封面皱皱巴巴的周刊，让屋子显得乱七八糟。这个家很少有客人，又堆满了废纸等杂物，简直像个废墟。

“还说他们买了一间别墅！好像在伊豆还是日光？不过不是独门独院的别墅，而是别墅型大楼。说是这样方便在周末带父母去住。加枝很孝顺的。没想到呢，都是她的公公婆婆去，谷野太太反而一次也没去过。出钱买别墅的是加枝，又不是她先生！”

只有在咀嚼煎饼时，母亲才会安静下来，但煎饼一吞下肚，马上又继续下个话题。原先谈的是几年前大嫂的所作所为，说着说着，就变成了近来邻居的家务事。母亲一向如此，心直口快，口无遮拦，她的脑袋天生就欠缺过滤说话内容的机制，无法把话说得条理分明，也不会考虑内容是否恰当，更不会顾虑听的人的感受。

母亲背后是个黑得发亮的供桌，上面插了一盆黄洋菊，鲜艳的色彩看起来像是有毒的异国食物。不知从哪里飘来刚腐败的水果酸臭味。

“你家如果也能买间别墅就好了。不过也别指望那个没用的男人啦！你哥哥没小孩就算了，你家有美娜和小光，这几年暑假好像也没带他们出去玩。我很久没看到你哥哥了，一定是你大嫂盯着，不让他回来。”

忽然，我发现母亲几乎把一袋煎饼吃了个精光。她说感冒发烧没法外出买东西，要我帮她买。我拗不过她，只好过来帮忙，没想到她把一整袋煎饼都吃光了，看来应该没什么大问题。

金黄色的阳光沿着走道照进来，看看时钟，居然已经5点了。唉！回家又要晚了。我说：“我该回去了。你要我买的东西都放进冰箱了。”

“等一下，把这个拿去。我没办法帮美娜过生日，就拿这些钱带她出去吃点好吃的。家里还好吧？贵史努力工作吗？他也四十岁了吧，总不能老像个大少爷似的吊儿郎当，害得你还要出去打工。”母亲越说越起劲。

我起身走向玄关，母亲紧跟着我，在我的头顶上挥动着一个折成四方形的日本和纸袋。我正扶着鞋柜穿鞋时，鞋柜摇晃了一下，放在上面的小碗掉落下来，硬币撒了一地。

我不禁烦躁地说：“你干吗把硬币放在这里啊？”

“真是的，你老是笨手笨脚的。快把硬币捡起来啊！”母亲光着脚走下玄关，弓着背、弯腰捡拾着硬币，“你知道那个赛门老师吗？就是看风水的，他说把装着五元硬币的蓝色小碗放在玄关，就能招财呢！”

“这些五元硬币放这里，妈，那我走了！”我匆匆忙忙走出玄关。

刚刚还忙着捡硬币的母亲也跟着走出来，站在大门口挥舞着手臂说：“帮我向美娜和小光问好啊！一定要告诉他们常来我这里啊。小心啊，给美娜的生日礼金不要被那个没用的老公看见！会被拿走啊！你们三个人拿去吃点好吃的东西。”

我急于逃离那高亢的声音，于是拔腿跑向公交车站牌。正巧赶上刚靠站的公交车，我挑了最后面的位子坐下，然后偷偷转过头去，只见母亲依然站在大门口，一边张大嘴巴说话，一边继续挥动着手臂。

夕阳将稻田染成一片金黄。星罗棋布的商店因年代久远显得老旧不堪，门口的玻璃窗也布满尘埃，根本分不清窗户究竟是开着还是关着。田间小径上人烟稀少，只见一蹦一跳的野狗停在防火瞭望台旁抬腿撒尿。我慢慢地吐气，内心有种得救的感觉；每次只要搭上这班公交车就会有这种感觉。啊！得救了。

搭了十五分钟的公交车，再转乘十分钟的电车，最后再搭十多分钟公交车，从我家到娘家只有三十多分钟的车程，周边环境却截然不同。只要一搭上从火车站开往我们社区的公交车，就有回到现代的感觉。我觉得，幸亏有了Discovery Center，我们这个城镇才能和现代接轨。直到今天，我还是认为将我从意图谋杀的潜意识里救赎出来的，既不是时间也不是家人，而是这个郊区购物中心。

对我而言，Discovery Center的开业就像19世纪美国船舰航向东方，带来新生活一样。之前每逢节假日，母亲都找种种理由，让我们去她家吃饭。如果我们不理睬，母亲就会自己跑来。自从美娜上了小学，母亲更是经常不请自来，我们无处躲闪，只好每周都和母亲一起在家里吃饭。

然而自从Discovery Center开业后，母亲来家里的次数屈指可数了。她总是口沫横飞地抱怨人太多、太乱、太麻烦、公交车班次太多搞不清楚、没人理她……从那以后，母亲就经常待在家里，足不出户。而我心中的杀意也大幅消退，我深深体会到母亲苍老了许多，也许根本不需精心策划完美的谋杀，时间就能把她送进坟墓。只是，母亲的身体至今还很硬朗。

下了电车，我直奔车站里的超市，和众多家庭妇女抢购生鲜食品。此刻的我根本没时间想菜单，只要买些菠菜、西红柿、牛蒡、猪肉和鸡肉应该就行了吧！赶快！赶快！不快点就赶不及在美娜和小光之前回到家了。我决不能让孩子每天放学后，必须各自用钥匙开门，才能回到空荡荡的家。

下了公交车，我一路直奔到我家的那栋楼前，才气喘吁吁地停下来望着面向我的窗户。玻璃窗上映照出傍晚的天空。二楼中间、三楼右侧边间和五楼右边起的第二间，像个空屋子。虽然里面住了人，但里面总是暗蒙蒙的，而且完全看不到窗帘、植物、地灯或晾晒的衣物等象征有人住的东西。四楼右侧起第四间、一楼左侧起第一间和位于五楼我家隔壁的住户，依然没把晾干的衣服和棉被收起来，就算现在收的话，棉被也早就冷飕飕了吧！

我把视线移向五楼左侧边间，铁栏杆上挂着的花盆里绽放着红白相间的秋海棠，朱红色的玫瑰、天竺葵和淡蓝色的山桔梗，交错排放在花架上的花盆里，吊挂在晒衣钩上的黄金葛，茂密的叶片自然地垂下，甚至看得到放在阳台地面上的风铃草开着淡紫色花朵。我心满意足地点点头，然后碎步跑进大门。

我在5点50分回到家时，美娜还没回来，却在玄关看到小光的球鞋，一双陌生的尖头高跟鞋整齐排放在球鞋旁，应该是家教的鞋子吧？

“小光，对不起，我回来晚了。”我边说，边打开小光的房门，北野老师和小光并肩坐在书桌旁。两个人转过头来，脸上微红，神情有些不自然。

“妈，不是告诉你要先敲门吗？”小光扯着嗓子，不高兴地说。

“对不起。”我向他道歉，躲进了厨房。

我老觉得那个北野老师面带桃花，该不会对十四岁的男孩子下手吧？我边打开冰箱，边这么想。冰箱里还有红萝卜、生菜、青椒和西芹。晚餐就吃番茄炖鸡肉、牛蒡色拉和生菜蛋花汤好了。北野老师今晚也会留下来吃饭吗？顺着小光的意请了家教，早知道就不该随便让外人进出家里。我觉得，自从北野老师来上课之后，小光就老爱说些莫名其妙的事。

正在淘米时，我的电话响了。原以为是美娜打的，没想到是母亲：“帮我买点菜，当然我不应该嫌的，但是你买东西要小心一点啊，西兰花发霉了。上面的白点不是灰尘，是长霉了。炒面后天就过期了！在后天之前，我一个人怎么可能吃完三包炒面？你多吃点纳豆吧，不用在意保存期限，这是电视里说的，不会有问题的。听说每天吃纳豆，还可以减肥呢。”

“妈，宅配（注：小件配送）的人来了，等会儿再说！”我挂上电话，一转头，小光和北野老师站在后面，我不禁全身僵住了。

“哪儿有宅配？”小光问。

“不好意思，我要回去了。”北野老师低着头说。

“老师今天不留下来一起吃饭吗？我爸爸今天会回得晚，老师就留下来一起吃吧。”我净说些口是心非的话。

“常常让您招待，真不好意思。不过我今天真的有事。小光，下次见吧！帮我向美娜问好。”北野老师说。

小光跟着北野老师走向玄关，不知两人低声聊了什么，随后传来关门声。

“小光，来帮我撕生菜！”我叫了一声。

“什么？真是的！”小光虽然爱抱怨，但总是会把交代的事做好。他站在料理台前，把生菜撕成片状放进菜篮。

屋里弥漫着刺鼻的香水味，是北野老师搽的香水。浓烈又甜腻的味道，忽然让我想起母亲家的客厅。虽然阳光能从走道窗户穿透纸拉门照进屋子里，但客厅老是显得很阴暗，只有那一年到头放在供桌上的插花，异常鲜明的色彩吸引着我的目光。近来，母亲不论吃饭、睡觉，还是看电视，全都在客厅。

我打开抽风扇，甩甩头挥去脑中的影像。

“你觉得北野老师怎么样啊？”我站在小光旁边，一面切牛蒡一面问。

“很有趣啊。我对英文越来越熟了。嗯，应该说，我现在知道自己的问题出在哪儿了。”小光回答。

“哦？是什么问题啊？”我问。

“太容易‘理所应当’了吧！”小光把生菜仔细地撕成片。

“假设有个句子是‘鲍伯跟玛丽说，我曾在这个城镇住了五年’，我首先看到的是‘五年’这个词，然后会‘理所应当’地认为是‘曾在五年前来过这里’。我再举个例子，比如‘我问玛丽曾就读哪所学校’这个句子，我会想为什么出现‘学校’这个词，在这种‘理所应当’下，就误解了一些意思，最后会完全误解句子的意思，写出错误百出的句子。”

我完全不明白小光在说什么。

“噢。”我回答，“撕完生菜，接着把芹菜去筋，再把青椒的子去掉。”

好不容易忙完了的小光又接着做下一件事，他听话地从冰箱拿出芹菜。我瞄了一眼他的背影。前一阵子还没我肩膀高，但他现在几乎已经和冰箱一样高了。

“有没有被北野老师迷住呢？她很妖艳。”我不经意地问。

“没有啊。我只觉得她的胸部很大，但我对她没兴趣。”小光马上这么回答。

想了半晌，他又接着说：“和北野老师讨论后，我发现自己的敌人就是把事情‘理所应当’。‘本来就该如此’的想法是最糟糕的。就拿这个社区来说，这里就是有了一个想法才兴建的，妈，你还记得当时为什么会搬来这里吗？是不是觉得住在这里，一切都会

‘理所应当’地称心如意呢？”

“嗯，好像是这样。”我把鸡肉切成小块，光线太暗了，我打开了案台上的灯。灯闪了几次后，四周明显亮了许多。我说：“当时这个社区，在这一带可是划时代的建筑呢！现在虽然叫社区，当时可是最前卫的呢。”

我不确定是不是最前卫的，不过那时候，附近只有田地和高速公路，因此“Grand Urban Maison”确实是很酷的集体住宅。现在大家都叫它社区，不过“Grand Urban Maison”这个不知是哪国语言的又语意不详的名字，才是这一大片楼房的正式名称。当时决定买下这个房子时，我确实认为自己的人生一片光明。

“小光，我们刚才说到哪里了？”我回过神来，瞄了身旁的小光一眼。

小光剥掉青椒的子，头也不抬地说：“是‘理所应当’的问题啊！盖这房子的人一定自以为这些房子非常棒，还认为所有住户都能轻松愉快，小孩个个坦诚，夫妻关系圆满，沟通无间，成为一个热闹的社区。嗯，青椒弄好了，还要做什么呢？”

“哦，暂时没有了。你先去看电视吧，再过二十分钟就开饭了。”我说。

小光洗完手，正准备回自己的房间，我高声叫住了他：“你话怎么只说一半呢？”

“我认为那些就是所谓‘理所应当’的想法。凡事想当然，往往就看不到真实的情况。”走道传来小光粗厚的嗓音和轻轻关上房门的声响。

我完全不懂他的意思。自从认识北野老师后，小光就常常说些莫名其妙的话。虽然北野老师外表看起来有些妖艳、有点没心没肺，但说不定实际上是个热衷讨论问题的人。什么“理所应当”，什么“真实情况”，难道小光也到了喜欢讨论这些不切实际、不知所云议题的年纪了吗？

趁煮番茄鸡肉的空当，我在做凉拌牛蒡色拉。屋里又恢复了寂静，于是我打开电视，边煮汤，边听新闻的棒球赛报道。都过了6点半，美娜和老公还没回来。

准备好晚餐，我托着腮，一个人坐在餐桌前喝气泡酒。我的身影映照在阳台的落地窗上。窗外，轮廓鲜明的秋海棠和偌大的风铃草，在深蓝色的夜空下摇曳生姿。我拿着气泡酒，起身走到阳台，蹲下来一片片仔细检查叶子，摘除枯萎的花瓣。

刚搬到“Grand Urban Maison”时，我的确觉得，从此将迎向光明美好的未来。就算与我同年的女孩全穿着可笑的紧身衣狂欢，争相去市区贵得离谱的高级餐厅尝鲜，我也毫不羡慕。即使到了今天，我还是认为住在这里会带给我光明灿烂的未来。只要小光能够继续和我开诚布公、无所不谈，就算是谈“玛丽和鲍伯”这种不知所云的内容，也足以证明，这里依然充满着光明的未来。

美娜快7点钟才回到家。她连自己的房间都没进，就直接瘫坐在客厅沙发上，频频转换着电视频道。

“美娜，怎么这么晚才回来啊？忙什么呢？”

我一边加热番茄鸡肉，一边问。美娜和她爸爸一个样，边脱袜子边回答：“妈，您别唠叨了，我现在正在努力结交女性朋友呢。高二才想交朋友，可是需要毅力和勇气的。”

“去叫小光吃饭吧。”我说。

“唉！老是被叫来叫去的！小光，吃饭！咦？小光，今天三奈老师来了吗？喂！小光，快开门！你怎么不告诉我？早知道三奈老师会来，我就早一点回家了。”美娜敲着门。

“姐姐，你真啰唆！别敲了！昨天吃饭的时候我说了啊！谁教你当时看‘灵异照片特集’看得入迷，根本不理我！”小光出来了。

“去洗手！”我高声说。那边传来两人奔向厕所的声音。

那个时候，当我看到有着公园、广场和小型商店的“Grand Urban Maison”新屋时，真的以为看到了新大陆。这里有广阔的空间，充满阳光和绿意，闻不到田里的土臭味和高速公路的汽油味，充满清新的空气。打从那时抚着微隆的小腹仰望这间房子的窗户，至今已经十七年了，这里变得老旧简陋。然而从行人步道仰望五楼的阳台，那里依旧绿意盎然，群花绽放，始终散发着耀眼的光芒。

只有一件事，我始终瞒着家人。我不是指那些我觉得没必要告诉大家的事，比如，老公从前可笑的外遇、最近母亲让我过去的次数增加，或是至今我心里还计划着完美谋杀等。我是指，即使说谎也要隐瞒的那件事。

那就是：我的京桥家，是始于我有计划的预谋。老公认为是他不小心才导致我怀孕的，两个孩子也深信我们是意外怀孕才结婚的。爸爸妈妈原来是地方上的小混混，后来改过自新，结婚后恢复正常生活，这个为了隐瞒我精心策划的计谋所说的谎言，由于内容太离谱，反而让他们信以为真。记得有次美娜问我："妈，听说以前的'飙车族'不会恐吓勒索，还会卖不干胶呢？"老实说，我是"一问三不知"，只能紧张心虚地笑一笑。美娜居然还认为从前的社会有秩序多了。

我丈夫婚前似乎很风流。至于我，根本不是小混混，而美娜也不是因为意外怀孕才生下的。从十五岁起，我就固定量基础体温。高中三年间，我为了吸引男人的目光，拼命化妆打扮，努力寻觅适合共组家庭的男人，只埋头学习如何养儿育女持家，根本没时间和那些女同学空谈理想。我的梦想是，在十六岁生日那天出嫁，但始终无法如愿。因为没有加入同学们的小圈子，她们不但帮我取了奇怪的绰号，也无视于我的存在，很不幸，我读的是女子高中。十七岁那年，我和一个小我一岁的男生交往，由于他对结婚一事无动于衷，我只好使出"撒手锏"，好几次上宾馆故意不戴保险套，却终究没有怀孕。

在沉闷、绝望又无聊的高中生活里，我能去的地方只有家，回家后也只能和母亲四眼相对。我曾想过，如果找不到脱离这个家的方法，干脆死了算了，然而我又不甘心，自己死了，母亲却还活在人间。

高中毕业后，我在上班的地方认识了现在的丈夫。当时，我在一家宅配货运公司当行政文员。那年春假期间，有个大学生来公司打工。经过一个月的观察，我确定他是个可以托付终身的人。在他打工的最后一天，我约他出去小酌，没想到他轻易上钩了，而且即使我不开口，他也会主动带我上宾馆。我觉得这个男人生性好色，但我的计划并未受这些细枝末节的影响。重点在于，当我告诉他怀孕时，他会悻悻然接受，还是逃走？不出我所料，当我在第三次“鱼水之欢”后怀了身孕时，他虽然很想一走了之，但还是选择留了下来。他既没有怀疑我过去的交友情况，也没调查我的身家背景，只是无奈地笑笑，认定是自己的疏忽，并和我一起接受了这个事实。

最近美娜常想打探我的过去。她时常问我“妈妈，你在我这个年纪时……”“妈妈，你怀孕时……”等问题，让我常常疲于说谎应付。我决不能让孩子知道，其实那时我心中充满了空虚和绝望。甚至我得让他们明白，在这个世上，没有所谓的空虚和绝望。

打从结婚那天起，我就料到会有这一天。因此当美娜在我肚子里才一丁点大时，我就在编造一个虚构的过去，以便将来能告诉孩子。因此，我就直接窃用了当年坐在我对面那个女工读生的遭遇。她的名字我已忘了，只记得她是个年轻漂亮的少妇，在我梦想的十六岁完成了终身大事。

我一直活在谎言里，久而久之，竟连自己也信以为真：“我的初中好友变成了不良少女，我原本是想帮她改邪归正才接近她，没想到反而受了影响加入了帮派。虽然如此，我热爱我的家，因此从未惹出任何麻烦。后来和丈夫谈了恋爱，就像许多帮派混混一样，脱离了组织，早早共组了家庭。我们以我热爱的娘家为模板来经营自己的家呢。”其实这里也并非全是谎言，只要把最后那句倒过来，就是千真万确的：“我们以我厌恶的娘家为负面教材来经营自己的家。”

“我的腰从昨天就痛到不能走路。如果这样你就过来看我，太阳可要打西边出来了。一定是梅雨快来了啊！真讨厌，啊，疼、疼……可不可以再帮我买东西呢？虽然没发烧，可是我喉咙很痛。”下午5点，母亲打电话来诉苦。

我的脖子夹着话筒，两手忙着开玉米罐。我说：“现在吗？不可能，我要做晚餐啊！”

“我又没说现在！明天就行。刚才气象预报说，明天也下雨，看来明天也会很痛啊。这件事我实在没办法！我不会动不动就要你帮忙，可是不去买又不行啊。当然我用老人推车去买东西也可以，不过，用了那个好像老太太一样，我可还没那么老啊！”

原本想告诉妈妈，明天早上9点到下午4点，我要打工没空过去，不过我还是把话吞了回去。我一旦说了，她肯定会花三十分钟，把我丈夫批评得一无是处。虽然我也认为老公一无可取，但就是不想听母亲批评。

我深深吸了一口气，平息心中的怒气。站在厨房里，顺着餐台往阳台望去，玻璃窗上布满了雨滴。也许是近来阴雨绵绵的关系，玫瑰、天竺葵和风铃草都显得无精打采，小雏菊和郁金香这些春天开花的早已凋萎，阳台显得单调又凄凉。

“刚刚气象预报之前有个“新闻特集”说到网友的事，最近有人被从没见过面的网友约出去，结果一去不回。你家还好吧？美娜和小光有手机吗？不要让他们带在身上。没有啊。等到发生事情就太晚了！对了，你有没有给他们零用钱啊？上次小光在电话里告诉我，年轻人也有很多交际什么的，你们不担心吗？”母亲继续说着。

“小光说什么？”我被自己突如其来的吼声吓了一跳。

母亲似乎也吃了一惊，声音忽然变得又细又小：“他没说什么啊！只是年轻人好像也有他们的交际。说到交际，像乡镇的什么‘环保清洁队’就笑死人了！就是打扫水沟嘛，还说什么环保。”

“我不是告诉过你，不要在我不在的时候打来吗？”我的声音颤抖着，即使深呼吸也压抑不了，“无论如何，我都会按照您的要求，可是小孩子要上学，也有课外活动，他们不可能去帮您的。”

“好好好，我知道了。哎呀，你也真是的，我只不过说说嘛。现在的小孩和以前不一样了，你们小时候啊，每天都无忧无虑的。不说这些了。啊，说到那个环保什么的，听说里面还有喜欢骚扰女人的老人呢！”母亲说着。

我鼻头一酸，眼睛发热，脸颊有些瘙痒，眼泪好像从右眼流下来了。正想用右手抹去，这才发现右手紧握着开罐器。也许是握得太用力了，手掌泛白，毫无血色。

我今年就要三十七岁了，大女儿已经上高二。虽然我心里很清楚，根本不需要为了一个和我家毫无关系的老太太的一句无聊话哭泣，但只要和这个女人说话，就会让我像个十几岁的小女孩一样惊慌失措、不堪一击。

“啊，美娜回来了，不说了。”听见门锁的转动声，我径自挂断电话，将话机丢向沙发，朝玄关走去。

“回来啦。晚上吃烧卖，洗过手之后来帮忙吧。”我说。

正在脱鞋的美娜，忽然看了我一下，然后口中念念有词地匆匆走去自己的房间。我赶紧跑进厕所照镜子。她应该没有发现我刚刚流过眼泪。

“小光，小光，也来帮忙包烧卖吧。”我提高嗓门，快步离开走道，坐在餐桌旁包烧卖。

我把馅料包进方形的小小面皮里。小光走出房间，站在我身旁。

“洗过手了吗？来帮忙包吧。”我说着。

小光顺从地坐在我对面，把烧卖皮放在手心，小心翼翼地用汤匙将馅料包进去。我瞄了他一眼，他一脸正经。不过是包烧卖，有必要这么全神贯注吗？

“小光，你最近和外婆联络吗？”我挤出笑容问。

“嗯，我有点事想问她，所以打电话给她。怎么了？”小光说。

“是什么事？”我问。

“不是有一种社区吗，不是我们这种的，我是说以前的那种老房子国宅（注：公共房屋，全称国民住宅）。之前在图书馆看过，却始终弄不清楚，所以想问问。我也想问她，第一次看到那种住宅是什么感觉。”小光说。

小光一说话，两手就停下来，还真不灵巧。烧卖皮躺在他的手掌上，小光像小孩子一样看着我说：“这个社区里的商店都开不长，不论是‘微笑便利店’还是“流行超市”（popmart），大概都只维持一年，大家宁可走二十分钟去大马路边的便利店，也不想在社区里买东西。这让整个社区变得冷冷清清的，没有人气。以前社区里的商店是不是很像社区联谊中心呢？看书上的描写，好像非常热闹。我在想，这两者有什么不同……我对这种建筑物也很有兴趣。”

小光到底在说什么呀？还是他想告诉我什么？

“美娜，你把青豆或虾仁放在包好的烧卖上面。”我指着装有青豆和虾仁的小碟子说。

美娜已换上T恤，边走来边说：“哦。可以两种都放吗？”

“可以呀！”我说。

“好……”美娜说。

“或许是因为附近什么都没有，所以我以前觉得这里很棒。我说的不是都市或乡村的问题，而是这里光线充足没有被遮蔽，总是给人光明的感觉。”小光没有就此打住的意思。

我把视线从小光逐渐涨红的脸移到装食物的盘子上，盯着点缀着青豆和小虾的烧卖肉团。我不懂，为什么那个女人会问我有没有给小孩零用钱这种事呢？请教过国宅（注：公共房屋）社区的问题后，小光会跟她要零用钱吗？小光现在该不会是想向我表达某种不满吧？可以向外婆倾诉却无法向我倾诉的不满。

“而且农田的绿意给人健康的感觉，人类只要活在光和绿的环境里，就能保持平静的心情。特别是居住的环境有光和绿，就能人畜兴旺……可是，这可能只是表面上的说法，其实人类追求的也许只是人与人之间的互动，而不是光线。”小光还在说着。

“你在说什么啊？”我打断了小光的话。不，我只是为了掩饰自己按捺不住的怒气，才打断他的话，“你是为了讨好波霸老师，才故作聪明的吗？”

餐桌上忽然一片死寂。我心想“完蛋了”，倒吸了一口气，思绪紊乱。

“哇！妈，这么让人难为情！”美娜夸张的叫声，多少让我感到放松。

“谁叫小光忽然说些深奥的事，我脑袋不好，根本听不懂嘛！”我尽量保持自然的笑声说，“毕竟我也没上过几天高中，哈哈哈。”

小光手上的烧卖皮掉落在桌面上，他静静地站起来，走回自己的房间，轻轻关上房门。

“唉！”美娜拿起小光刚才用过的汤匙，夸张地唉声叹气，“不愧以前是‘飙车族’的。妈，你那样说，心眼真是坏。唉，小光现在正是那种尴尬的年纪呀！说不定他从此自闭了啊！我可不希望自己的弟弟变成那样。电视台好像会去采访那种人和他的家人，我才不想被采访呢！”

“美娜真爱开玩笑。其他的烧卖就全靠你啦！我来做色拉。”我说。

我在料理台洗手，也觉得刚刚说得太过火了。本想现在就去小光房间向他道歉，不过我的念头一转，足不出户就足不出户。我知道当孩子窝在家里不愿出门时，作为一个母亲该怎么做，也就是把我母亲加在我身上的一切反着做就对了。

身为母亲该做的事，实在太简单了。我要让我母亲瞧瞧，我要让她知道，我明白身为一个母亲该做什么。

忽然，我觉得美娜在盯着我看，一抬头，她连忙移开了视线。

我的视线越过美娜的肩膀，落在被雨水打湿的阳台上，心想：“明天该去买几盆花苗了。”

初中时，我大部分的时间都待在家里。当时没有任何适当的名称，来称呼像我这种小孩。我始终不清楚自己为什么无法去上学。

父亲在我初中一年级时去世了，为了准备葬礼，我请了长假，结果竟然从此无法回到学校继续上课。学校可能认为我丧父悲痛过度，并没有积极要我回去上课。我每天待在家里，准备母亲和哥哥的三餐。哥哥放学之后去保龄球馆打工，快10点才回家；母亲在附近的医院从事行政工作，每天上班到傍晚，晚上还骑着脚踏车到面包工厂兼差。哥哥对整天在家的我不理不睬，哥哥对所有人都不理睬，母亲有时会夸张地称赞并感谢我家事做得好，有时又会流泪指责我连简单的小事都不会。反正她只是把当时心中的不快发泄在读初中的女儿身上罢了。

我对这段期间的事几乎毫无印象，只记得被母亲夸奖就欣喜万分，被母亲流泪责备就手足无措、忐忑不安。当时的我仍然在乎母亲的关爱。

我依稀记得，那个让我几乎足不出户的家，日照不足，整天潮湿阴暗，却让人无比自在。我的房间里，剥落的海报四周被阳光晒成明暗对比的四方形。除了做家务之外，我都待在这个房间里听音乐，看着上下飘动的尘埃。有时也会潜入哥哥的房间搜索一番，希望找到日记或女孩子的情书，为的是抓到哥哥的“小辫子”，但是一无所获。不论是在参考书和教科书堆积如山的书桌上，还是整理得有条不紊的衣柜里，我找了又找，就是找不到任何文情并茂的东西。不久哥哥似乎也察觉到不对劲了。

管他是露宿街头，还是别的地方呢，在十五岁那年的某个冬日，我决定离开这个家。

那一天，有个眼熟的老师和几个陌生的大人一起来到我家。他们和请假在家的母亲在客厅里谈了许久。我虽然不想见到老师，不过又一心想知道他们谈话的内容，于是蹑手蹑脚走出房间，坐在楼梯上，屏气凝神地偷听。

从房门紧闭的客厅里不时传出升学、高中、出勤天数、朋友、课外活动等词语，接着竟变成将来、医院、辅导、交感神经、病理等陌生的词汇，我渐渐感到惶恐。说不定我每天待在家里做家事、看尘埃、偶尔得到母亲夸奖的生活模式，已经变成无法挽救的大问题，我害怕这一切已无可救药了。

我站了起来，一会儿决定不论是否已经无法挽救，我一定要到客厅里，加入他们的谈话，一会儿又犹豫踌躇；一下决定要冲下去，一下又退缩不前。我在楼梯上反反复复地一会儿站，一会儿坐。

就在这时，母亲凄厉的哭声响彻屋子，我吓得一动也不敢动。

“是我不对！”母亲哭吼着说，“全是我不好，才让那个孩子变成这样！对不起！全是我的不对！”

嘎……嘎……嘎，耳边不断传来仿佛尖锐物刮木片的刺耳声响。后来我才发现，原来是我紧握扶梯的手弄出来的声音。由于我的手微微地颤抖，指甲触碰到扶梯，发出细微的震动声。不只是手，我全身都在颤抖。我的大脑很清楚地告诉我，我不是因为恐惧，而是因为无法压抑的愤怒而颤抖。

“绘里子妈妈，千万别这么说，请振作点。”从客厅传来几个话音交叠的安慰声，“这一切绝对不是您造成的，请您不要再自责了！”

“不！是我该死！是我害她变成这样的！”母亲一边哭泣，一边低声呻吟。

想死就去死吧！就是从这个时候起，我对母亲厌恶到了极点。

这时我才恍然大悟，原来母亲哭泣只是为了让自己得到解脱，只要哭着求饶，在场的人就会安慰她，一切都不是她的错，这么一来，母亲就能得到救赎。但对我而言，她这么一哭，我的行为就不再只是问题而是罪恶，不是可以解决的问题，而是无法弥补的罪恶。

当时，我站在楼梯中间，感到天旋地转，想起母亲向来都是这样。她只要说出来就能得到解脱，旁边的人却因此经常感到恐惧、受到伤害，甚至坠入绝望的深渊。

“我的婚姻是一场错误，我根本没爱过你父亲，你父亲是最烂的男人，你还真像你父亲。”我的脑袋里逐一浮现出那些在不同场合不经大脑、直接对我发射的恶毒话语。

这些往事在我的脑子里回荡，挥之不去。

“我只要一个儿子就够了，根本没打算再生一个。还好有哥哥在，你哥哥真的很棒，你为什么不能像你哥哥一样呢？”母亲这样说。

我感到震惊，因为整整三年，我被关在这个除了少得可怜的赞美之外，完全不受肯定、不被认同，只有否定的家里。和我同病相怜、同样被否定的父亲已不在人间。在这三年里，就算我动也不动地坐在这个屋子里，依然碍眼。

十五岁那年，我认为如果无法早日离开这个家，不，如果无法早日找到得以栖身的处所，也许我会杀了那个女人。

后来，我总算上了高中。然而在学校里，依旧没有我的容身之地。不知什么缘故，全校师生都知道我没上初中一直待在家里，因此他们就一起欺负我，还帮我取了“弱子”的绰号。于是，我只好一心一意努力策划及早拥有自己的家。

在与外界隔绝，无处见容于世的六年间，我的内心产生了一个无法填补的空洞。每次窥探这个空洞，就会听见母亲的哭喊，那是想让手无寸铁的女儿背负所有罪过与责任的悲鸣。我曾激动地当面指责母亲是个不负责任的母亲，我没去上学全是她的错。母亲当时哭着告诉我，如果我有孩子，就能体会她的心情。等到我有了孩子之后，我或许无法完全了解她的想法，但我很确定的是，这个女人根本不适合为人母。

理由很简单。母亲的责任就是爱孩子，肯定孩子，细心呵护，阻绝无谓的憎恨与恶意，带领孩子向善，不让孩子感到绝望和恐惧，给孩子一个良好的成长环境。那个女人竟然连这么简单的事也做不到。想到她甚至不愿为此付出丝毫努力，更让我认定她根本没有资格拥有家庭。每想到一次，就让我加深对她的恨意。

我要美娜去叫小光出来吃晚饭。原以为小光会拒绝，没想到他毫不在意地走出房门，坐在自己的位子上。美娜和小光为了看巨人对中日的职业棒球赛和整形手术的特别节目而争吵，最后决定看球赛。

“小光……”我从冰箱拿出气泡酒，若无其事地问他。

“什么事？”小光盯着屏幕回答。

“零用钱够不够？”我小心翼翼地问。

“什么？”小光表情严肃地看了我一眼，接着又将视线移回电视画面，“还好啊！不过多多益善！”

“这样不公平！我的零用钱也要提高！”美娜说。

“喂！姐姐，不要在我耳边乱叫！”小光说。

即使是我丈夫，也对十八岁以前的我毫无所知。直到在乌龙面店打工被人喊出以前的绰号之前，我自己也几乎忘了那一切。从那个打工的粗心女孩口中叫出那个禁忌的名字时，我惊惶不已。她的母亲是高我一届的高中学长。这个年轻的工读生，只知道我以前在学校好像是出了名的，但对实际情形知道得并不多。每次听到她叫我“弱子”，虽然明知她没有恶意，我还是紧张得冒了一身冷汗，因此，当我知道她要辞职时，委实松了一口气。

“妈，你在看什么？难道玻璃窗上有灵异现象？”美娜的话让我回过神来。

我像个无精打采的初中生，望着玻璃窗边浮动的尘埃，说：“我在想花都枯了。最近老是下雨。对了，美娜，明天和我去买花苗，一起提回家。就约在Discovery Center 吧。”

母亲跟我说零用钱和小光的种种，该不会是想伸手进来，破坏我精心打造的小天地吧？一想到这里，我不禁毛骨悚然。

我在下午2点半，提前结束乌龙面店的工作，把母亲要我买的东西送过去。今天一早就下雨，雨势始终没变，淅淅沥沥地下个不停。我一手撑伞，一手提着超市的塑料提袋，站在雨中等公车。从伞沿滴下的雨滴淋湿了针织长衫的后背和头发。塑料袋里装的是两公斤糯米、牛蒡、葱、猪肉、红萝卜、竹笋和一公斤青梅，不但重，而且东西高高低低的，很不好提。她是故意整我的吧！

塑料提袋勒进了掌心，正当我想换左手提时，不小心把伞掉在地上。印花雨伞沿着深灰色湿透的步道一路滚去，我突然想在雨中大声哭泣。

我到底在干吗？我每天努力记账，算出收支平衡的底线，再按这个数字调整打工的时数。可是今天居然为了一个我一心诅咒她死的人，提早离开面店，到超市买菜，然后送过去，待在她家浪费时间，听她说些无聊事，最后还得匆匆忙忙赶回家！

原本可以无视她电话里的要求，然而我还是照单全收，我知道是因为我还无法从她的诅咒里逃脱。我不想因为拒绝或不理她，反而让自己被她憎恶无情的话伤害……

“阿姨，雨伞……”穿着学生服的小朋友怯生生地看着我。

我挤出笑容，捡起雨伞撑在头上。积在伞内的水滴，沿着伞柄流下，把我的手、手腕和肘全弄湿了。小朋友一直偷偷瞄着我，迟迟不见公交车来。我忽然有一种错觉，自己好像得抱着一袋又是牛蒡又是葱且凹凸不平的塑料袋，永远站在这里淋雨。

我和美娜约好下午4点半在Discovery Center的诚启堂书店碰面。我在美娜可能会去的杂志和写真区来回找了好几次，却不见她的身影。和美娜一样染金褐色头发，穿着迷你裙的女孩像拍卖商品一样多，但我还是没找到美娜。潮湿难闻的空气中弥漫着廉价的脂粉香水味，巧克力和香草奶昔的气味。

等到4点45分，仍不见美娜，我只好独自走向空无一人的花店。摆在店门外的马齿苋和鼠尾草被雨淋湿了。我请店员帮我选几盆不怕雨淋的植物。虽然店员表示可以送货上门宅配，我还是决定自己提回去，因为我想立刻将阳台布置得光彩耀眼。最后，我只好把沉甸甸的花苗分装在三个塑料袋里，撑起雨伞，奔向公车站。快！快！不快点，就赶不及在美娜和小光之前回家了。

好不容易回到家时，这才发现只差几分钟就6点了，然而家里空无一人，一片死寂。我在玄关脱掉鞋子，累得只想就地躺倒。

我拖着三只塑料袋，步伐沉重地走在走道上。在浴室脱掉被雨水和汗水沁湿的衬衫、外衣，换上居家服，然后走进客厅查看有无电话留言，之后从冰箱里拿出一瓶气泡酒，边喝边将花苗提到阳台，再将枯谢的小雏菊和郁金香丢进垃圾袋，把刚买回来的花苗排放在木盒子里。我任由斜打进来的雨水淋湿脸和手，继续整理着。我将粉白色矮牵牛和藤紫色的马鞭草混在一起，连同苗袋种在花盆里，外围以黑色紫罗兰点缀。我毫不考虑地将枯萎的风铃草丢掉，改种开蓝色小花的“勿忘我”。

记得好多年前也曾种过“勿忘我”。当时听说小野菊、“勿忘我”和圣诞蔷薇每年都会抽新芽，于是反复种这几种植物。但是不知环境不适合还是技术太差，根本没几株会在隔年长出新芽。因此每年总是一再将枯萎的丢掉，换种新的。有时我甚至认为自己是为了这个小小的阳台，才去乌龙面店打工的。总之，我无法忍受阳台空荡荡的。

只要几株花苗，就能让昨天还弥漫着阴暗气氛的阳台脱胎换骨。这个光彩耀眼、理应具有疗愈心灵功能的庭园，从客厅、餐厅和室外都能欣赏得到。汗水不断从脸上流下，我刚换上的家居服已被汗水和雨水湿透，黏在肌肤上。种完盆栽站起来一瞧，整个阳台焕然一新，在充满令人窒息的混浊空气中，更显得卓尔不群。

“啊，这样就行了。得救了！”我喃喃自语，将垃圾收拾干净。

我拿着气泡酒瓶，直接走进厨房，查看冰箱里的食物。忽然飘来一股淡淡的香甜味，我不禁抬起头来，这不是花香，不是雨水味，也不是美娜常吃的点心味，更不是衣服清洗过后散发出来的柔软剂香味，而是一种陌生的味道——不属于这个家的味道。

“小光？”我离开厨房，走到小光的房间。

“小光，你在里面吗？今天北野老师来过吗？”我边说边敲门，但没有动静，于是打开了房门。

小光不在房里，他还没回来。书桌上摆放计算机，飞机、汽车和人偶模型整齐地摆放在书架上。小光不在的房间和平时没两样，显得井然有序。但是，在厨房闻到的那股香甜味在这里味道更浓。

“原来不在家啊！”我自言自语。

我紧握门把，迟迟未将房门关上；我的眼珠子转个不停，在房里到处搜寻。

突然像触了电，我的背部一阵痉挛。这房间不对劲！虽然放眼望去依旧是老样子，可此时还没回家的小光、北野老师越沁越浓的香水味，处处显得不对劲。我走进房间，掀开枕头和床罩，把鼻子凑近床单嗅着；打开衣橱，从上到下仔细端详，然后拉开衣橱的抽屉；打开书桌抽屉，快速翻动收在里面的笔记簿；打开挂在挂钩上的背包，闻背包里的味道，仔细检查着。最后，我抬起头盯着眼前墙壁上的大型月历，注视着那个红色圆形记号，一心想猜出记号所代表的意思，但始终摸不着头绪。

这时，温热的汗水从湿透的发际流到脸上。

从玄关传来了开门声，我关上房门飞快地出去。原来是美娜回来了。

“美娜，小光还没回来呢！”我说。

“哦，妈，对不起让你空等。今天临时和班上的女同学去买少女用品。早知道就去和你会合了，我对那些少女用品没兴趣！”美娜径自说着，没瞧我一眼，就走去自己的房间。

“美娜，小光跟你打过招呼吗？他还没回来呢！”我站在美娜的房门外说。

“这没什么啊！小光常常晚回来呀！其实也不是常常，应该是偶尔啦！”门后传来含糊不清的说话声。

“你昨天不是和小光聊天吗，昨天晚上聊了些什么啊？他有没有说今天是什么特别的日子呢？”美娜打开房门，站在我前面，身上穿着T恤和牛仔裤。

“什么意思？奇怪，他没说什么呀！今天有什么特别的吗？”美娜一脸不耐烦地从我旁边溜到客厅去，老远就听到新闻报道的声音。

到了晚上11点，仍不见小光回来。可是，不论10点多才回来的丈夫还是美娜，好像都不担心。美娜在餐桌旁看漫画，老公坐在沙发上，边喝气泡酒边看电视。

“小光以前再怎么晚回来，也不会超过10点啊！”说了，也没人理我。

“十四岁也算得上是个男人了，小光还很独立，晚上总会出去玩玩吧！”老公一派轻松，不停地用遥控器转换频道，“不出去玩，才该担心啊！你就不要担心了。”

“弱子？”我叫了一声。美娜看了我一眼。

“你说什么啊？”老公笑着说。当屏幕上出现比基尼女郎时，他马上停止转台，“不要担心了！”

“美娜，你和北野老师处得不错，对不对？你知道北野老师的手机号码吗？”我灵机一动地问。

这时，老公不知怎的，忽然表情严肃地转头看着我们。

“我哪儿知道啊？我们只在小光上课那天随便聊聊，我也不知道她有没有手机。所以，为了避免发生这种事情，你就让我们带手机吧，最好是可以拍照的那种。”美娜猛翻着漫画。

“你干吗呢？”和直盯着我的丈夫四目相望。

“今天家教来过吗？”他问。

“有啊！刚才不是说了吗！真是的，老公你也太心不在焉了吧。”我说。

“唉！妈妈真是烦！你知道小光同学的电话吗？不是有通信簿吗，打电话问吧！电视上说，遇到这种情况应该要问班主任或他的好朋友，不是问家教！再说他也没几个朋友，现在说不定哭丧着脸，流落在夜晚的街头呢。”美娜说。

“你要去哪里？”我叫住拿着遥控器、正准备离开的丈夫。

“哦，我突然想起来，把拿回来的文件放房间里。”丈夫说着。

小光的班级通信簿放在哪里？我拉开橱柜的抽屉，在外送广告单中翻找。忽然想起来，就算找到小光的班级通信簿，我也不知道他的好朋友是谁。除了北野老师，我从没听小光提起任何人。美娜倒是提过几个，像是木村花和森崎。而我一时也想不起小光班主任的名字。

难道小光没有朋友？我手里拿着比萨和中餐的外送广告单，抬起呆滞的眼，又将手上的广告单丢在地上，跑去卧室。我从微开的门缝里窥探，果不其然，老公坐在床上正在打手机。

“小贵！”我一出声，他就吓得跳了起来，手机跟着掉落地上。

“如果你知道小光在哪里，快告诉我！小光呢？”我说。

“啊，嗯，我不……我不知道……”他嘟囔着。

我和丈夫隔着床站着，彼此注视对方。老公一下看我，一下看天花板，一下看地板，他把手插入口袋，一下又拿出来。

“老实说，唉，真难开口，不过，我真心向你道歉啦！”

男演员常会用手指拨弄头发，来表示“糟了”，老公也一样。他慢慢挤出话来，脸上露出轻松的表情——我看过这种表情。

“我违背了我们家‘开诚布公、没有秘密’的规定！”在这个人的脸上，我也看到了“说实话换得解脱”的表情。

他和那个傻乎乎的“波霸”女人有什么关系？难不成他跟自己儿子的家教勾搭上了？这种事我才懒得理呢！老公却一副痛苦万分的表情，想对我坦白。只要说实话，就能换得解脱，就能把一切罪恶、痛苦、烦恼、羞辱、悔恨全转嫁到我身上。这么一来，就算小光出了事，这家伙也能减轻该负的责任；就算我被他想说的话重重打击了，这家伙也能毫发无损。

“你太狡猾了！”我大喊着，“你净说些不经大脑的话，只想换得心理上的解脱！”我眼眶噙着泪，看不清楚站在对面的丈夫此刻的表情。

“我不想听你那些无聊的自白，我只要你告诉我小光在哪里！”我极力佯装冷静，但很清楚自己的声音在颤抖。

是我定下“开诚布公、没有秘密”这个家规。有别于母亲那个悲惨的家，我希望自己的家看不到羞耻、嫌恶和丢脸的事。因此我一再告诉大家，凡事一定要一起讨论。然而眼前的丈夫，和母亲一模一样，只想把理应深藏在心底的事特地说出来。他想保护的不是我们的家规，而是他自己。

“不是，不是，是那个女人，是那个女人纠缠我，骚扰我，真的！”他说着。

原本吞吞吐吐、支吾其词的丈夫，忽然闭口不说话了。随着他的目光看去，只见美娜站在那里。

她扬起眉毛，脸上露出滑稽的表情：“我有点饿，要去便利店买东西，妈，您要买什么吗？”

“我怕胖，什么都不需要。”我装出一脸平静地回答。

美娜默默地走开了，不久，玄关传来关门声。我和丈夫都没打算去把半夜12点出门买东西的女儿叫回来，只是茫然相视。丈夫的眼神毫无生气，想必我也一样吧！真该去照照镜子。

“喂！电话！”丈夫说。

客厅里的电话确实在响。我急忙跑去接电话：“小光？是小光吗？”

“是我。”母亲的声音听起来好像在梦游，感觉话筒里似乎就要渗出唾液来了，“对不起，这么晚还给你电话！”

“什么事啊？”我忽然觉得全身无力。

“我梦见你还是个初中生，不，可能刚上高中吧，有一天你哭着说，家里没人跟你说生日快乐，还记得吗？你还说，我都会向哥哥说生日快乐，却不跟你说。我真的梦见了当时的情形呢。你老爱跟你哥哥比，可是，我根本就没有偏心啊！记得那时，我听了还大哭一场。”母亲像含着口香糖似的，口齿不清地一口气说完。

一时，我还以为她痴呆了。不，她不可能痴呆，她只是和以前一样，一想到什么事，就无法放在心里，根本不管时间合不合适，就只顾着打电话。

“很抱歉，我现在正忙，没空听您说以前的事。”我说。

“啊，对不起啦！这么晚打电话给你，我做噩梦也很不舒服……对了，今天是十八号，对不对？刚才我躺在床上，冥冥中有人告诉我，今天是十八号，如果不跟绘里子说，她会生气呢。所以我想，既然还没超过12点，就赶紧把假牙装上，打电话给你。”她说。

十八号？我忽然想起小光房间里的日历。原来日历上红色圆圈代表我的生日，我怎么完全忘了呢？

“生日快乐！”母亲大声说，“这样我总算能睡得安稳了。这么晚打电话，对不起啊！”母亲用夸张的口吻说着。

我一时呆住了，直到发现耳边传来电话挂断的“嘟嘟”声，才挂上话筒。

我环顾屋内，餐厅和客厅整理得有条不紊，处处打扫得整齐干净，不论是墙上的画、绿色盆栽、立灯还是CD架，都摆饰得趣味盎然。记得来过我家的同事说，我们家好像装潢杂志上的照片。美娜的男朋友也曾说，和我们家相比，他家简直太寒酸了。当然了，这一切都是我费尽心思打造的，为了自己和这个家光明的未来打造的，也是为了闪亮的现在而打造的。

看了看墙上的时钟，再过一两分钟就是午夜12点了。我想，在11点59分的时候，老公、小光和美娜一定会从走道跳出来，手上各自拿着蛋糕和礼物。他们一定是发现我忘了自己的生日，所以三个人早就偷偷准备帮我庆祝生日。

“妈妈虽然记得我们的生日，却总是忘记自己的生日呢。”

“爸，这叫什么啊？”

“是惊喜派对啊！”

“真的吗？你们省下零用钱买礼物送妈妈呀？真教人不敢相信！”

“爸，你没准备吗？”

“嘘！小声点，不要被妈妈发现！”

今年一定是小光煞费苦心想出这么贴心的庆祝方式，说不定连北野老师也加入他们，等一下还得向她道歉呢！这么说来，刚才老公的演技可真逼真。

我目不转睛地盯着时钟。

秒针无声无息地向前走，才一会儿工夫，长针就指向59分，并愉悦地滑进12点的位置。

这时，屋里恢复寂静，尽管走道的门是开着的，却听不到任何声响。美娜、小光和老公，没有一个人出现在我眼前。

在恢复寂静的屋子里，夜中的雨声听起来格外沉重。在布满水滴的落地窗外，不同颜色、大小的花朵，在雨中灿烂地绽开。

拼布

{ 外婆的秘密 }

我常想，如果时间能够重来不知该有多好啊！
不过，我也不知道要回到哪个时间点才能重新开始？
每次想到这里，我就不知所措。

听说人在行将就木时，自己这一生的经历，会像跑马灯般从眼前闪过。这是真的吗？最近，我认为此话不假。大限将至时，沉淀在内心底层、布满尘埃的记忆，似乎真的会像无声电影那样播映呢。

服务生毕恭毕敬地端上餐盘，里面装的是豆酥烤海鳗和芥末烤鸭胸。服务生怎么看怎么像个还在念高中的工读生，连餐盘都摆反了，不知是太紧张还是不熟练，刚才还手发抖打翻了茶水呢！总之，再怎么装模作样，这里终究只是个乡下的购物中心！我自从过了五十五岁，大半牙齿装上假牙之后，不管吃什么东西，都没了味道。原本坚固的牙齿，在我生孩子后突然越来越差。虽然我持续治疗，但都没彻底治好，所以五十多岁，牙齿的寿命就到了极限。

哦！我竟然忘了，我要说的“行将就木”的事。

为什么会说这些呢？因为最近每晚临睡前，我总会看到一个景象，那就是，只要一闭上眼睛，就会浮现出我三岁时的记忆。

那应该是我最初的记忆。

那是个台风天。豆大的雨点淋湿了老房子里破旧的榻榻米。典子用毛巾将襁褓中的悦子包起来，背在背上，静静地躲到不会被雨淋湿的地方，而我只要发现屋里有雨水滴落，就马上喊母亲拿锅碗瓢盆来接水。记得当时父亲担心铁皮屋顶被吹翻，就拿着榔头爬上屋顶。正在我抬头看时，屋顶忽然“砰”一声飞走了，只见头顶上一片清澈辽阔的星空，星星布满天际，璀璨耀眼，可不像现在稀稀拉拉地点缀着几颗！

我的记忆就到此为止，而且记忆就像闪光灯似的，一个片段一个片段地浮现，完全不像行云流水般的电影。我的记忆，就只到屋顶飞走的那一瞬间。

我真的很想知道接下来发生了什么事。吹飞的屋顶呢？典子这个“爱哭鬼”哭了吗？悦子在典子背上睡着了吗？母亲说了些什么？待在屋顶的父亲平安无事吗？我当时穿着什么？心里想着什么呢？

不过，无奈的是，我从来就没看到接下来的景象。老实说，我最近不太在乎死亡这件事了。这可不是嘴硬啊！因为我一旦死了，说不定就能看到接下来的景象。如果我能再看到父亲、母亲、襁褓中的悦子以及还是小学生的典子说笑的身影，死了可一点也不遗憾啊。

虽然牧野这个色老头安慰我还年轻，然而我家似乎有“早死”的遗传。典子五十出头就离世了，悦子不到五十也走了。记得儿子友也和女儿绘里子结婚成家之后，每晚睡觉时，我都会因想起典子、悦子的遗容而哭泣。可是，最近我的想法改变了。典子和悦子临死前，一定各自看着自己记忆最深沉的那个景象。我不知道她们看到的是五个人一起吃饭，还是和母亲手牵手一起寻找父亲的景象，不过她们一定像看电影似的，一边看着某个场景，一边慢慢死去。

油炸菜肴上桌了，每个都是刚好一口的大小，怪不得这家店有不少老人光顾，其实我很想豪迈地大口咬下樱花虾和山芹菜的大片炸天妇罗。不过，这家店的其他料理也不错，像芦笋就煮得很软。

我很清楚，自己只要开口就惹人厌，也从不曾和一群朋友尽情欢乐，或成为众所瞩目的焦点。悦子恰好相反，她身边总是有同伴和她一起欢笑。以前我没留意到这一点，老爱开口说话，也老是得罪人。因此，除了家庭和工作上的事，我几乎不记得学生时代的生活。我认为，一件事如果没有其他人在场，是不会形成任何的记忆。那个台风夜，如果只有我一个人胆战心惊地发抖，现在大概也不会记得太多吧！

最近我学会了沉默不语。只要保持沉默，就会给人有教养、人品好的感觉。事实证明，只要沉默不语，就会有人邀请我吃饭。安静坐着固然无趣，但总比惹人厌好吧。只要一直想着一些事，就不会无聊了。我只要一个人想着临终前可能看到的景象，或者悦子离开人世时的往事就行了。

请我吃饭的老先生还真是沉默寡言。和他四眼相接时，他只是腼腆地咧嘴微笑，轻声地称赞东西好吃。原先我还兴高采烈地以为他会带我去有名的“怀石料理店”，没想到不过是 Discovery Center 里的餐厅。真是失望！真想去电视上报道的那种要排队才吃得到的名店里吃吃看，比如那种自助吃到饱、限量一百份、手艺高超等五花八门的地方。

这个大而无当的 Discovery Center，害我的生活起了巨大的变化。附近的山坡一座接着一座被铲平，换上毗连而建的新屋和公寓，因而拥入不少新住户。我家附近的老人比想象的还多，许多老先生和老太太组成定期聚会的“老人会”或“义工团”。除了合唱团和拼布社老人们最感兴趣，其他社区清洁、巡逻、检查垃圾分类、照顾社区小学生等工作，都是轮流担任。这些没有收入、只靠老人补贴生活的老人，全都打扮得光鲜亮丽，还真笑死人了。当然我也不希望这附近一成不变。

这附近都是些老住户，谁家厨房的味噌放哪儿，是白味噌还是红味噌，大家都如数家珍，令人感到窒息。反正，我也不受他们欢迎。

我原以为吃不下了，没想到把最后一道蒸饭也吃得精光。蒸煮的海胆饭、鲷鱼饭和鳗鱼饭正好各一小口。榆本先生依旧不碰海胆。我偷瞄了他留下的海胆，觉得很可惜，不料，他竟问我要不要。我心想，就算再怎么想吃，怎么能吃一个不熟的人吃剩的呢？

今天榆本先生埋单。我明知他会请客，却还是夸张地向他道谢。偷偷看了一眼收款机，两个人才吃了一万多日元。很便宜啊！有机会要告诉绘里子，叫她带小光和美娜来这里吃饭。这两个小孩老爱吃汉堡，电视上说，小时候不吃些真正好吃的东西，长大后味觉会迟钝。

“啊，真是太好吃了，好久没吃到这么美味的东西了！谢谢榆本先生。”我一个劲地道谢。

榆本先生涨红了脸，眼睛瞥向一旁。

“下次，一起去吃鱼翅好吗？我知道有家鱼翅专卖店。”榆本先生念经似的说着，并径自快步走向电梯。

刚才吃饭时两人沉默寡言，我原以为就此为止了，没想到，他居然还邀我下次去吃鱼翅。虽然应付这个老头有点麻烦，不过，我还真想吃鱼翅呢！

“鱼翅？好啊！不知多久没吃了啊？”我含蓄地笑着回答。

榆本先生也笑了。他低声邀我去喝茶，但我骗他还有事，就快步朝公车站走去。我担心他会跟和我一起搭公交车，所以跨大步子向前走。到了车站时，我早已汗流浃背，差点连气都喘不过来。

榆本先生住的是新屋，上次正好轮到和我一起打扫。听说，他以前在一家很有规模的公司上班，后来不幸太太早逝，膝下无子，他退休后用退休金买了附近的成屋。这么寡言的人能在大企业上班吗？原以为他会在吃饭时聊一些自己的事，没想到什么也没说。也好，反正我也不想谈自己的私事。

从对面开进车站的公交车，好像可以到绘里子家。我突然兴起“干脆跳上那辆公交车”的念头，但最后还是作罢。这附近的公交车路线相当复杂，好几次原本是要去绘里子家，结果去了陌生的住宅区。

就算想问人，也找不到人问。有时候，运气好能遇到客运公司的工作人员，问他去 Grand Urban Mansion要搭几号公交车，往往话还没说完，他们就要我到前面用电脑查询巴士网。太瞧不起人了！虽然听说只要用手按画面，就会跑出很多信息，但我就是不会用才问他们的啊！我真想回他们一句：“你们还不如巴士网呢！”

我只熟悉回家的那班公交车和电车，看来，还是乖乖回家比较妥当。

我虽然在电车站里的超市买了打八折的生鱼片，但过了晚上7点，肚子也还不饿。虽然“怀石料理”每道菜都是一小口，但整个分量还挺多。看来，只好把生鱼片用酱油腌渍起来了，晚餐吃一碗茶泡饭就够了。我一边喝茶，一边看电视，从遮雨板缝隙传来不绝于耳的蛙鸣声，似乎在诉说心中的不平。

榆本先生一下请我吃“怀石料理”，一下又要请吃鱼翅，究竟是安什么心啊？该不是对我这个老太婆有意思吧？都这把年纪了，就算交往，也看不到未来呀！充其量，也只能在生病时互相照顾照顾。真无聊啊！

单独和男人吃饭，让我又想起那个人。他和榆本先生是截然不同的类型。他一向活力充沛，说话简洁有力，总是豪迈地大口吃饭、大口喝酒，从丹田发出的笑声厚实低沉。

可是，最近我居然想不起来他的样子。虽然手边没能留下一张那个人的照片，但几年前我还能清楚想起他年轻时的样子，浓密的眉毛，温柔的眼神，挺直的鼻梁。而现在从破碎的回忆中东拼西凑、想拼出他的容貌时，竟浮现出我儿子友也的面庞来。友也不是他的孩子，两人当然长得一点也不像。

如果试着再回想他的容貌，在我紧闭的眼中浮现的，竟又是那个台风夜。

那时家里有黑得发亮的橱柜和矮茶几，昏暗中只有金色的脸盆特别醒目。不绝于耳的水声，不知从哪个缝隙吹进来的风，发出小孩哭泣般的咻咻声，典子脚下的榻榻米湿透了，腋下沁着汗水，一脸焦急地看着屋顶，小婴儿悦子趴在典子的背上睡觉，母亲头上覆盖着小毛巾，父亲把屋顶踩得“嘎嘎”作响。

难道我的一生只有这些吗？曾经有过死心塌地爱着的男人，经历无数捉襟见肘、绝处逢生的境遇，花费难以想象的时间生儿育女，其中有苦有乐，有犹记在心头的懊悔和愤怒，有数不清的哭泣和欢笑。然而在快走完的人生里，当我闭上眼睛，浮现在眼前的竟然只有那个台风夜。

咻！咻！风越来越大，最后竟将整个屋顶吹翻了。啊，是太困了！

“您最近说话的内容……”最近绘里子说话总爱摆架子，可能是打工学来的。

“好像只有新闻和报纸。真可怜，您的生活只有电视和报纸。”她坐在我前面，茫然地望着供桌。

“我不觉得有什么可怜啊！电视上说，那个孩居然住在一个从没见过面的小孩家里，两个人只打过电话，根本就没见过面！而且一两个月都没回家。大家以为没见过面的人不可能住在一起，不过现在的小孩好像都不跟家人碰面才对。第一个小孩白天在超市工作，等他晚上回到家，另一个小孩就去租片店上晚班。”我说着。

我把绘里子买来的冰淇淋盛在玻璃碗中，我没吃过这个牌子的。绘里子以前就是个贴心的孩子，她只要来看我，一定带着点心。这孩子从小就不用我操心，不论煮饭或打扫卫生都无师自通，当时我真的很依赖她，心里常常觉得亏欠她。

孩子们上学时，只要在前一天把“明天要带便当”的通知给我就行，绘里子总是在一两周前就交给我。但是，到了该带便当的当天，我常常都忘了。记得那时她刚上初中，有一次空着肚子放学回来，淡淡地笑着，告诉我那天要带便当。那天，她在学校里一定感到很丢脸吧。这孩子向来都是笑脸迎人，一定是我大大咧咧的个性让她很不高兴，后来才哭着向我发火。她真的是饱受委屈。

我常常想，如果时间能够重来，不知该有多好啊！不过，我也不知道要回到哪个时间点，才能重新开始？每次想到这里，我就不知所措。

“我接着说吧。”我端着冰淇淋走出来，对茫然望着窗外的绘里子说。好久没有整理院子了，里面杂草丛生。

“结果啊，那个小孩突然不见了，他的父母却一点也不着急。电视台采访他们的时候，他们居然说每天一定和孩子通一次电话嘘寒问暖，相信自己的孩子，还说相信孩子没有问题。相信？难道这样就行了吗？”我说。

“您到底想说什么啊？”绘里子把视线从窗外移到我身上。

“我告诉您，我家的孩子从不翘家，而且我们全家彼此没有秘密。您不要以为电视或报纸的报道就代表全世界，好吗？每个家庭的情况都不一样，我家是我家。您孤陋寡闻，却意见那么多……”她飞快地说着。

这么温和的孩子，说话的口气怎么老是愤愤不平呢？我连忙将到了嘴边的话硬是吞了回去。如果不小心说出了口，这孩子一定会更怒不可遏。嗯，多说无益啊！

“哦，这个冰淇淋很好吃！尝尝。这还是你拿来的呢！”我说。

突然，电话响了。原本还小口吃着冰淇淋的我，看了一眼绘里子，然后马上去接电话。

我生怕是榆本先生打来的，没想到竟是陌生的男人。陌生的声音告诉我一些莫名其妙的事，让我一时说不出话来。结果，那陌生的声音又重复了一遍，跟最近医生对我说话的口气一样，段落分明，而且还提高声调，像跟幼儿说话似的。

我走去过道，以免陌生男子可笑的声音从话筒里传出来，让绘里子听见了。我只能从男子反复强调的话里揣摩着他的意思。

挂上电话，我回到客厅，绘里子正准备离开，她冷冷地说要回去准备晚餐。

“啊！我正好也有事，和你一起走吧！等我五分钟。”此刻，绘里子竟像个孩子似的，一脸无计可施。

很久没和绘里子并肩坐在公交车上了。窗外田埂间的绿意尚未染上一丝暮色，正繁盛茂密地在风中摇曳。

“这让我想起以前的事。”我对着靠窗边的绘里子说。

“什么啊？”绘里子皱眉看着我。

“还没盖 Discovery Center 之前，我们不就常常坐公交车、转搭电车去吃饭吗？有时去狮亭饭店，有时去常寿司饭店。”

当时绘里子读初中，友也读高中，只要我拿到工厂的全勤奖金，我们就搭公交车和电车一起上馆子“打牙祭”。友也会把座位让给我们，因此，我和绘里子时常肩并肩坐在双人座上望着窗外。

但是绘里子马上回我：“您胡说什么呀？我从来就没和您一起上过馆子！”她说得理直气壮，害得我一时也怀疑自己的记忆，担心自己开始痴呆了。我在面包工厂一边工作，一边期待着和家人一起上馆子，难道是幻想？

我们不是一起去 lion 亭吗？你不是最爱吃他们的奶油可乐饼吗？你不是兴奋地说常寿司饭店的年轻师傅长得像某个艺人吗？

我不敢问绘里子，害怕如果她告诉我没这回事时，怎么办呢？

“小光，最近好吗？”我换个话题说。

“没什么问题呀！”绘里子依旧看着窗外回答，然后猛地回头看着我说，“我还担心小光怎么都没问题呢！不论功课，还是体育，都不用我操心。他的朋友很多，也常常和我们聊天。妈，您老爱提小光，他到底有什么问题呢？”绘里子竟这么反问我。

有什么问题……我努力将涌到喉咙的话硬生生地吞下去。

“小光还挺像友也的。”我讨好似的赔着笑脸说。

结果，绘里子就此不再开口说话，不管我说什么都不再答理。没办法，我只好默默地下公交车转搭电车。最近，不论是公交车还是电车，冷气都大得要命，真不知是什么意思。走出冷得要命的车厢，突然又遭遇室外的闷热难耐，这进出之间，就让人受不了。

“您到底想跟着我去哪里？难道是去我家吗？”当我们一起搭上开往 Discovery Center的公交车时，绘里子冷不防对我大声说。

“我有事要去 Discovery Center。”我说。

“有什么事啊？”绘里子这么问。

我却反问她：“你直接回家吗？坐这班车，到得了你家？”

“我要先去Discovery Center，买完东西才回去。”绘里子抓着公交车吊把说。

“真的？”我不禁大喊一声。

怎么办？要是被发现了怎么办呢？算了，逮着就被逮着，反正是一家人嘛！

公交车在 Discovery Center 前停下，绘里子三步并作两步地边跑边喊：“我有急事先走了，下次见！”

好险啊！天空逐渐渲染成淡橙色，购物中心灯火灿烂。我站着，凝视绘里子奔向购物中心的背影好一会儿，确定两人离得够远了，才开始寻找后门。

“大卖场是最大的那栋建筑，您知道吗？正面最大的建筑物右侧有间咖啡厅。咖啡厅，就是喝茶的地方。旁边有条小路，从那条小路直走到底，右边，是右边，右边有办公室。”刚才打电话给我的那个陌生男人这么说。

哼！把我当老人！何必把“咖啡厅”说成是“喝茶的地方”，我当然知道咖啡厅是什么。

我原以为刚才接到的是个恶劣的诈骗电话，没想到咖啡厅旁真有一条小路，走到底、右手边，也的确有一间乱糟糟的办公室，而小光也的确坐在办公室的桌子旁。

才几个月不见，他的手脚又长长了，身材变得又细又长。小光一脸消沉，畏缩地坐在灰色办公桌前。

他们说他在店里偷东西。中年的职员指着放在桌上的物品，咄咄逼人地向我说明，有卫生棉、女用剃刀和卸妆乳液。小光把这些东西藏在书包里正打算离开时，在出口处被逮着了。

眼前说话的中年男人和打电话给我的，并不是同一个人，因为他并没有像对老人那样扯开嗓门，而是不悦地小声说话。我看了小光一眼，他依然垂头丧气，一个劲地把白白的掌心搓得红红的。

真是的，早知道就不用担心了。刚才绘里子还在我家时我接到的那个电话，只说小光偷了东西并告诉了电话号码，吓得我心惊胆战，以为事态严重，根本不敢让绘里子知道，只想着要尽我所能解决。不过，看了他偷的东西，根本没什么啊！一定是美娜要他买这些女性用品，而正处于尴尬年纪的小光，不好意思拿去收银台结账吧。

我被那个一脸不悦的中年男人，还有和绘里子年龄差不多的女店长狠狠训了一顿。经过一再低头道歉，约三十分钟后，我们才离开了那个狭小的办公室。当然，我只好付钱，买下那些东西。

“外婆吓了一大跳，他们打电话来时，你妈正好在我家呢！”我们并肩离开了Discovery Center。

“啊，说不定会碰到你妈！刚才我和她一起来这里，她说要去超市。如果真遇到了，你就说恰巧碰到了我。不然她会担心。”我说。

小光一言不发，只是低着头，边走边拨弄斜背书包的挂扣。

一走出购物中心广场，他忽然抬起头说：“外婆，对不起。”并将我手上装有卫生棉和剃刀的塑料提袋拿过去，“谢谢您。好险，得救了！”

“等一下！”小光一副想摆脱我的模样，我不禁抓住了他的手腕。小光一脸困惑地低头看着我。

不对劲。难道不是美娜要他买卫生棉？说不定就像电视上的报道，小光现在和通过电话认识的某个人住在一起，他是帮那个人买的吗？

“怎么了？”小光怯懦地说，和他粗嘎的嗓音一点也不搭。

“没什么。我是以你的监护人身份把你带出来的。你要去哪里？回家吗？还是别的地方呢？我有监护你的义务，所以必须跟着你。如果你想逃走，虽然我年纪大追不着你，不过我会马上把这一切经过告诉你妈妈。”我说。

小光偷瞄我一眼。他早就变声了，但还是一脸稚气，而他正用幼稚的脑袋盘算的心思全写在脸上。

“我不是要回家的。”小光被我抓住右手腕，低声说，“您说什么也要跟来吗？”

我点点头。小光用平淡的口气告诉我要走一小段路，就朝着有公交车行驶的热闹大路上走去。油蝉震耳欲聋的鸣叫声，似乎在和汽车的噪声较劲。小光瘦削的手上沁着汗水。我忽然想起小光婴儿时期的往事。那时候，我常常背着他散步，熟睡的小光，常常让我汗流浃背。

“小光，你还记得以前这附近什么也没有，只有一片接着一片的水田和农地吗？”我抬头正想这么说时，只见小光面无表情，似乎表示“现在不是聊往事的时候”，我只好闭上嘴，继续往前走。

“太热了！”走进房间，我总算可以开口说话了。

小光带我来到一家宾馆，一时之间我还紧张得不敢出声。小光却自在得像回家似的，毫不迟疑地搭电梯上楼，通过昏暗的走道，停在506号房间前敲门。

打开房门一看，里面是个宽敞的西式房间，摆在正中央的床上坐着一个女人。那个女人睁大了眼睛看着我。

我不禁“哎呀”一声，停顿了一下之后，那个女人也问：“这怎么回事啊？”

“哦，她是我外婆。”小光边说，边将塑料提袋递给那个女人。

“什么？你外婆啊？”那个女人说。

“哦，刚才我闯祸了。”小光说。

“什么？闯祸？你该不会是身上没带钱吧？”那个女人问。

“我以为带了，看了钱包，才发现根本没钱。”小光说。

“然后你就顺手牵羊了吗？”那个女人说。

“对啊。”小光说。

“天啊，你真是丢人！”那个女人说。

我像个被冷落在一旁的客人，只能站在一旁，看着他们两个人你一言我一语。本来还以为小光要带我去的不过是同学家或空屋子，没想到竟是宾馆！

最近的初中生可真早熟啊！怎么看，他们都不像是第一次来。

坐在床上、一脸跋扈的女人二十多岁，想必是她带小光来的。无论如何，也不能让绘里子知道这件事。她还说什么家里“没有秘密”，什么“不用担心、没有问题”。绘里子这么大大咧咧的，和电视上的笨蛋母亲差不多啊！

“总不能告诉我妈……我母亲或父亲吧！”小光说。

“告诉他们也没关系啊，反正我不在乎。”那个女人说。

“可是……”小光说。

“但是，为什么要带她来这里呢？我不明白。三个人在这种地方能干什么啊？”女人在床上笑着。

小光像个被挨骂的孩子，沮丧地直挺挺地站在床边。

这个房间挺气派，和我印象中的宾馆有天壤之别。以前说到宾馆，总让人有种潮湿不洁的感觉，照明和寝具廉价又俗气，只要踏进一步，就让人产生罪恶感。不过这里不一样；木质地板，灯光明亮，还有可爱的粉红色窗帘和沙发，要不是中间摆了床，看起来和绘里子家的客厅没两样。怪不得这些年轻人能够毫无罪恶感与羞耻心，大大方方地进出这种地方。

“你说，把老婆婆带来这里，怎么办啊？这实在太夸张滑稽了吧！”房里回荡着女人歇斯底里的笑声，之后突然低叹一声。她点燃一支烟，光着脚走到冰箱那边，拿出一罐啤酒喝了起来。

装有卫生棉的塑料袋扔在床上。小光站在床边，瞪着那把从塑料袋掉落在床上的女用剃刀，他面无表情，耳朵涨红。

我很惊讶，小光面无表情、漠然凝视的样子，竟和友也一模一样。四岁才回家生活的友也，一直不相信自己是我亲生的。

当年的我急着想结婚，因为我觉得，不结婚就没有将来。所以二十二岁那年，我和刚认识没多久的相亲对象步入礼堂。那个时代择偶的条件大多是有房有车没公婆，我也不例外，但多少有些意气用事。之前，我始终相信抛弃我的那个人会回头，结果他的新娘竟不是我。

那时整体的生活质量一天比一天好，连我也能感觉到。我只知道电视、电饭锅、电冰箱推陈出新，活在云端的日子再也不是梦。但是我什么也没存下来。年轻时，我成绩不好没考上高中，于是就和一群人到东京找工作。没有学历和人脉，又缺乏毅力，所以工作都做不长久。

不过，那时到处都有工作机会，我换了很多份工作。听说日文打字待遇好，我就利用晚上学打字；听说裁缝收入更好，我就去学裁缝。事实上，只要会日文打字和裁缝，就不愁没工作；只要不挑剔，就有成千上万个工厂作业员的职缺等着你。不过，职缺再多，结果都一样；努力工作换得薪水，有所不满就辞职，再找工作从头开始。虽然可以随心所欲地不断转换工作糊口，却始终无法升迁。那份薪水永远只够糊口。当然我也不否认这是我自作自受。

那段时间刚好碰上皇太子结婚，年轻人以摩托车代步、开始举办公共房屋国宅抽签、彩色电视机刚刚上市，东京富庶的景象是乡下人无法想象的。有谁知道当时我想要什么吗？现在回想起来，真是笑死人了，我想要的竟是尼龙丝袜。因此，只要那家生产丝袜的奈格纺织公司在招人，我一定去应聘。好笑吧？除了新颖的建筑外观，我天真地认为，只要在那里工作，就有穿不完的丝袜。

记得当时发生美空云雀（注：日本演艺圈的常青树，生于1937年，1989年去世。一生演唱了1400首歌曲，是深受日本人民欢迎的传奇性人物）被泼硫酸的事件，让我深感震惊。因为犯人和我同年，而且她认为，美空云雀的生活和我们真是天差地别，正好和我的想法一样呢。

我一直以为能和那个人结为连理。我深深相信，只要和那个人结婚，生活上的一切无奈就会结束，压根没想过自己竟会被抛弃。小光和美娜就不用说了，就连绘里子也不会相信我说的吧！那个人和老板的女儿相了亲，完全没考虑我，就闪电般地结婚了，他做了乘龙快婿，搭上迈向成功的列车。或许他打从一开始，就从未把我这种出身偏僻农家、父亲战死又离乡背井的农家女，当成结婚对象吧。

那时，我们两个人都在一家规模庞大的钢铁公司上班，我无法忍受继续和他在公司碰面的痛苦，于是递出辞呈，逃离了那个地方。为了生存，我开始去学记账，然而前途茫茫，结婚，成了我的救命索。

刚结婚时，丈夫在一家造船公司上班。婚后不久他就离职另外去找工作，一下子是食品公司的仓库管理，一下子又去推销《百科全书》，最后居然到处筹钱，开起了咖啡厅。他战后才被遣返回日本，个性懒散。原本以为他有房地产，没想到房子登记在他哥哥的名下，丈夫的兄弟姐妹经常到家里吃饭、挑剔，甚至拿钱花用，让我深感困扰。我完全不清楚家里究竟住了多少人，原本让我得意扬扬的车子，不到一年，就被丈夫的弟弟撞得稀烂。

开店不到一年，经营不善的咖啡厅正濒临关门还是继续赔本经营的抉择时，我竟怀了孕，生下友也。一般而言，男人有了孩子应当会实际点，不过我那丈夫虽然关掉咖啡厅，却又不自量力地在同一地点做起了租书生意。也许是受卖二手书的朋友影响，他毫不考虑一头栽了进去。不知是时间不对还是地点不好，丈夫仍然没有成功。

咖啡厅关掉也好，租书店倒闭也罢，我还是继续工作，因为日子总要过。我把友也交给在我家游手好闲的叔伯们，每天出门努力工作。我又回到赚的钱只够糊口的生活，永远存不了多少钱，没有积蓄。

那时，也许是父母整天不在家，即使在家也只会为钱争吵，反正不知为什么，友也总爱半夜哭闹，后来甚至拒绝吃奶。于是，大家讨论决定，在家里经济稳定之前，先请先生的姐姐代为照顾友也。

现在回想起来，我终于明白那是个阴谋。后来我才知道，年长丈夫两岁的大姑子静子，并不是不想生，而是十几岁时染病导致无法生育。她一直对友也虎视眈眈。那时她通情达理地告诉我，这种生活环境对小孩子不好，既然自己家中没有孩子，身为亲人，只好义不容辞地伸出援手。其实她早就打好如意算盘，希望借机拉近和孩子的距离，并趁势要求我们放弃孩子。

我那时已走到穷途末路，因为娘家无法伸出援手，也找不到其他人帮忙，只好依从大家的决定。

租书店倒闭后，丈夫通过朋友介绍，进入货运公司工作。我在附近的医院做行政工作打工赚钱，两年后，总算把大部分债务还清了。当时我怀了绘里子，就想把友也带回家，和即将出生的婴儿一起照顾。

但是，我费尽千辛万苦把友也向静子要回来后，虽然一家团圆，友也却始终认为自己是过继到我家。虽然我不清楚婴儿多大才有记忆，不过，友也小小的脑袋里，非常清楚自己曾一度被遗弃，后来又被他以为的“父母”抛弃了。即便我一再告诉他“这里是你家，我是你生母，那个人是你父亲，这个小婴儿是你妹妹”，他内心深处似乎依然感到疑惑。

友也那孩子像个傻子似的，每次吃过饭都煞有介事地向我道谢，还称赞饭菜好吃。记得有一次，我只是说他衣服沾到酱油了，他居然连忙低头道歉，还说“下次不敢了”。也许他认为，如果不乖，又会被抛弃吧。

孩子是没有什么选择余地的。不论父母多么无能、愚昧，只要没有其他人可以依赖，孩子对父母决不会有二心，因为这样才能得到父母的爱。

那时，我常常想，究竟该向谁学习如何爱人呢？

我从来都不觉得自己聪明。我这个笨蛋做过最愚蠢的事，应该就是决定独自养育一个四岁小男孩和一个婴儿。就算我再坚强，照顾婴儿确实是太苦了，劳心劳力。如果我们是个正常的家庭，老大一定会嫉妒老二，像婴儿那样哭闹着跟妈妈撒娇，但友也老是疑神疑鬼的，怕被我送走，所以即使我把注意力全放在婴儿身上，他也不会哭闹，更不会跟我撒娇。每次我察觉到有人注视而抬起头时，总看到友也在不远处静静地看着我，看我喂奶、换尿布、高声唱着《摇篮曲》。

他总是面无表情，让人毛骨悚然，但他那涨红的耳朵，让我印象深刻。从褐色细柔发丝冒出的白色小耳朵，渐渐由粉红变成红色，似乎极力想要控诉心中的感受。

那时，我相当恨静子。现在回想起来，其实是自己的错。即使是暂时的，我也不应该放弃自己的孩子，而且不论多忙，我都应该常常去探视寄养在静子家的友也，让孩子知道我才是真正的妈妈。从我家到静子家只有一小时的电车车程，我却不闻不问。当时，我一心想着尽早还清债务，合家团圆。

那时，我对静子要求友也喊她“妈妈”一事非常气愤。我觉得他们私底下一定告诉幼小的友也，因为友也的母亲太狠心，他们不忍心才领养了他。当我半夜听到友也——这个在自己家中循规蹈矩，一心想讨好亲生父母的孩子——在睡梦中大喊“妈妈”时，我真的想杀了静子那个女人。

这一切都过去了。这个房子早就是我的了。丈夫死后，那些啰唆的亲戚也逐渐疏远了。要不是从前开租书店时的旧识告知，我都不知道断绝往来的静子早在几年前就过世了。听说她是死于乳癌，癌细胞转移到了全身。静子过世后，因为膝下无子，她的丈夫，那个热爱摄影，留着胡须，生性斯文的人，但我忘了他的名字，只好到养老院去。

我身边已经没人知道当年那个混乱的情形，或许应该说是我不负责的怠惰更贴切。那时绘里子还是个婴儿，当然毫无所知，友也还懵懂着，自然不知道家里的情形。自作自受的可笑失败往事将永远深藏在我心底，我要把它和后悔一起带进坟墓。这么做不只为了我自己，也是为了绘里子和友也。

如果早知道，五年前友也结婚时，我就该邀请静子参加。我想静子应该不会四处乱说，而会以亲戚的身份列席祝福吧。我是在她死后才改变了想法。如果不知道她过世了，说不定现在我还怨恨着她呢！当年那个低头向我致谢、称赞饭菜好吃的小不点友也，已经长大成人，找到结婚对象了。和我们那时意气用事相亲结婚不同，友也是自己谈的恋爱，并引以为傲地向我介绍他的女朋友。那时我为了这孩子终日哭丧着脸，如今他已长大成人、要娶媳妇，只要想到这一点，也就没什么计较的了。至于他挑的媳妇个性不好，那是另一个问题啦！

“我去一下厕所。”远远地传来女人的说话声。

映照在我眼里的不是友也，而是站在床边的小光。盖着粉红色格子条纹床罩的床，显得异常庞大，却亲切而具有真实感，一时我还误以为，是在小光的房里。

我刚才心里还想着要跟小光说：“小光，零用钱给你，不要跟你妈妈说啊！”

女人把喝光的啤酒罐捏扁丢进垃圾桶。她一手抓着我买的卫生棉走去厕所。厕所好像在玄关旁边。

房里顿时变得很安静。

“她……”我原本是想问小光，“是她叫你去买东西的吗？结果你发现身上没钱就只好顺手牵羊吗？”然而我一开口，就觉得喉咙又干又涩，根本无法顺利出声说话。

小光慢慢转过头来，最后我们目光交会。算了，也不是什么非问不可的大事。看到小光一脸沮丧，我只好对他微笑。

那个女人粗鲁地打开房门走了进来。她留着一头红棕色及腰的长发，目光和我短暂交会，这孩子竟也是哭丧着脸。

我正想对她微笑，她却立刻撇开视线，站在穿衣镜前面。

“哎！我要走了。小光就陪外婆好好休息吧。”她边说，边拿口红仔细涂抹着。她从镜子里又看了我一眼，嘴唇涂得鲜红欲滴。我们家人全都没有识人之明，友也的媳妇傲慢又愚蠢，绘里子的丈夫是个没骨气的笨蛋，我自己的丈夫也是个没用的东西，现在连小光都和这个看起来像欢场女子的可笑女人纠缠在一起，该不是冥冥中的因果报应吧？

这女人对着镜子，又是整理衬衫领子，又是调整腰带。

“我会保密的。”我坚定地说，很庆幸这次比刚才说得顺畅。

我说：“你要人家帮你买东西，就该先给钱啊！还好今天是联络了我，要是被学校发现，事情可就没这么简单了。或许你不在乎，但这孩子还只是个初中生呀！请你替他着想一下吧！”

“多少钱呢？”那个女人站在我面前，咧开鲜红的嘴唇，笑着问。她看我惊讶得说不出话来，就轻松地说：“我是指卫生棉的钱，现在就付给您。多少钱呢？”

这女人是怎么了！

“我不是要你付钱！”我不禁提高嗓门，“我不知道你多大了，但诱拐这种小毛头也没意思吧！你带他来这种地方，只会伤他父母的心。你也有父母吧？要是你父母知道你和初中生上宾馆，他们会怎么想呢？”

“小光，我要回去了。因为你太晚回来，所以我把延长休息改成住宿了，这样比较便宜。等一下，我会去结账。你可以和你外婆在这里畅谈好几小时，甚至一整晚。”那个女人说。

那个女人抓起扔在格子条纹沙发上的皮包，直接走向房门，她抓着门把，却又忽然回头看着我说：“外婆，其实您不需要帮我们保密的，尽管去跟小光的父母说好了。还有，我不但父母双亡，也没有兄弟姐妹呢。谢谢您帮我买卫生棉。”

她的脸上已不见先前的沮丧，她的嘴角浮现笑意，对我们深深鞠躬后，就离开了。

“老师！”小光喊了一声，向前走了几步，但没有追出去。

“小光，难道她是学校的老师吗？”我问。

“不是。外婆，对不起。”小光垂头丧气，涨红耳朵对着我微笑。

那个陌生女人离开后，房里只剩小光和我，那张床更显得庞大。这个用透明玻璃来隔间浴室的奇妙房间，越看越顺眼，像是个熟悉又亲切的地方。

“小光，你老实告诉我，你和那个女人到底怎么了？”我坐在沙发上问。

或许站得太久，我突然感到脚底发麻，才这么一说，我觉得腰也很疼。刚才是因为太紧张才没注意到吗？我为什么会紧张？因为那个女人，宾馆，意外状况，还是和友也神似的小光呢？

“我们没什么。真的，真的没什么。我是第一次来，就只是这样。”小光一脸严肃地回答。

踌躇了好一会儿，小光捡起掉在脚边的书包，喃喃自语着：“我要回去了。”

我本来也想一起离开，无奈脚和腰都使不上力，只好和小光说：“我可以再休息一下吗？”

小光明明满脸惊讶，却费尽口舌，努力辩解似的说：“可以呀，要过夜也行。我记得早上9点以前退房就可以了。”

他走向门口，站在那个女人刚才回头的地方，转过头来说：“我和刚才那个人，真的没什么，只是事情有点复杂。这件事不要告诉妈妈，也不要告诉美娜，否则会造成老师的困扰呢。”小光像背台词似的，一口气说完了。

“好好，我知道了。你放心好了。小光，你有钱搭公交车吗？”我说。

“嗯，有。”小光口中念念有词地走出了房门。

我在玄关站着，还听得到他在门外说：“今天谢谢您。真对不起。”

关门的回音持续了好一阵子，房间终于恢复安静。我长叹了一口气。

我拿起茶几上的遥控器打开电视，荧幕上出现了家里常看的新闻台《晚间新闻》画面。我边看新闻，边按摩脚底、伸懒腰。说起来，我这一生从未出门旅行。绘里子小的时候，丈夫还在世的那时候，一到夏天，我们就去海边玩，但我从没有一个人去旅行过。独自一个人旅行的感觉，是不是就像现在这样呢？我的一生，真是孤陋寡闻啊！

我一边伸懒腰，一边拿起桌上的点心，旁边有一份和餐厅差不多的菜单。最近宾馆变得相当方便，鸡肉色拉、海鲜色拉、培根茄子意大利面、饺子、炒饭、生鱼片套餐、烧肉套餐等，应有尽有。

我看着菜单上的照片，忽然觉得饥肠辘辘，就按照上头的指示打电话订餐。接电话的是个声音尖细的女人，我问她餐饮是哪里提供的，她怯生生地告诉我是外送餐饮，于是，我放心地点了一份生鱼片套餐。如果宾馆还兼做生鱼片套餐，那会让人难以下咽。

趁餐点送来之前，我只穿着一条内裤清洗浴室。由于手边没有清洁剂，我就用洗发精将澡盆、地板等全部彻底刷洗干净。正当我感到身心舒畅时，门铃响了。我急忙穿上裙子，打开房门。一位看似饱经风霜的中年妇女端着餐点站在门口，一看到我，她马上露出狐疑的眼神，窥视房内。

“这间的住宿费付清了吗？”我不安地问。

“已经付清了。”中年妇女说完，就匆匆离去。她不是刚才接电话的那一位。

第一眼看到这个房间，我还因为摆设过于家居化而大吃一惊，现在却发现房里没有餐桌。这也难怪，这里是男欢女爱的场所，只有床没餐桌，是很理所当然的。

我只好把餐点放在茶几上，将椅垫放在地板上坐着。生鱼片有鲔鱼、乌贼、琥珀鲹和生干贝，副餐是凉拌豆腐、味噌汤和泡菜。

想起刚才那个女人从冰箱拿出啤酒，我也依样画葫芦，拿出一罐啤酒。那里每个包着玻璃杯的塑料套上，都很讲究地印上“已消毒”的字样。

电视气象报告已经结束，棒球比赛就要开始了。我正想按遥控器转掉无聊的球赛转播时，耳边忽然传来小光幼稚的央求声“外婆，不要转台”，我不由自主地停住了。

不知道小光是否还记得，我背着他唱儿歌、哄他睡的事呢？

虽然小孩特有的体温都一样，但比起绘里子或友也，背小光不太吃力，而且不会汗流浃背。因为，那时日子还过得去，时间上也变得从容些，想买的东西也能随心所欲地买，生活明显宽裕许多。当时我家附近还没有土地规划，而这附近也没有购物中心。我背着美娜和小光在这些地方散步，有重获新生的感觉。从前年少轻狂时，那些让我焦头烂额、无法挽回的蠢事，似乎全都可以抛诸脑后，重新开始。

那时，孩子趴在我的背上，我轻轻拍着他们浑圆柔软的小屁股，嘴里反复唱着熟悉的歌曲。

老实说，从那之后，我和绘里子的往来才变得密切了。虽然我心里常为自己说话伤人感到抱歉，但总是拉不下脸向绘里子道歉。我真的说了不少狠话呢。绘里子个性倔犟，我们之间一直冷漠以对。但自从小光和美娜相继出世后，我俩变得坦率开朗了许多，也算是重新开始吧！人生呢，就像是不断上演周而复始的戏。

只喝了一小罐啤酒，我就感到有点醉了，全身轻飘飘的，于是放水泡澡，并唱起了《乌鸦之歌》。

“乌鸦，你为什么哭？乌鸦在山里……”这是我唱给孩子们听的歌，还是父亲唱给我们听的歌呢？

我父亲是个酒鬼，往往喝醉了就回不了家。直到今天我还记忆犹新，晚上11点过后，妈妈经常背着悦子，右手牵着我，左手拉着典子，在幽静无声的夜里出门找父亲。在一整排破烂铁皮搭成的小酒馆里，母亲一间一间探头询问“我家那个有没有来”，店里往往传来女人这样的回答：“有呀，刚刚才走。”“今天没来。”我们只好继续找。

十之八九，会在已经没有电车行驶的车站里，找到醉倒在候车椅上的父亲。母亲总是摇动身材壮硕的父亲说：“我来接你了，回家吧！”父亲也总是睡眼惺忪地缓缓起身笑着说：“哈哈哈，糟糕，我又睡着了！”还笑着将冒出胡楂的嘴凑近我们脸上磨蹭，然后五个人一起回家。这样的情况总是一再发生。《乌鸦之歌》，就是喝醉的父亲喜欢唱给我们听的一首歌。

洗完澡，我在更衣室穿上怪异的睡衣，然后关掉冷气，虽然有些闷热，不过开冷气睡觉对身体可不好。拉开和沙发同样花色的窗帘，只见一扇涂成黑色的普通铝门窗，松开卡榫，打开窗户，清爽的凉风迎面吹来。等我的眼睛适应了窗外的黑暗，青翠的农田浮现在眼前。这和我家二楼、绘里子房间窗外的景象很相似。虽然相似，但这附近只有农田。

远方铁道上停着一列电车。从方形车窗照射出来的灯光呈“一字”形，整齐排开。那是行驶在我家和绘里子家之间的电车吗？从电车上能不能看到这家宾馆？电车静止不动，我记得这附近并没有车站。为了看得更清楚，我从提包里拿出眼镜，手撑在窗沿上，身体探出窗外仔细看着。有人从静止的车厢走了下来。该不会是车祸吧？好像也有人从车窗里爬出来。一整排间隔排列的车窗灯光，照映着陆续离开车厢的乘客，像蚂蚁似的列队走在漆黑的田埂上。离开的乘客们像幽灵似的无依无靠，只能沿着铁道，直直地、慢慢地往前走。

我站在窗前，凝视这一幅梦境般的景象好一阵子，直到成队的人们散去，只剩停在铁道上、车内依然灯火通明的电车。

关上纱窗，我横躺在可以睡五个人的大床上。天花板是一面镜子。原来还可以一边和男人做一边看啊！我开着灯，却闭上了眼睛。窗外不时吹进徐徐凉风，虫鸣鸟叫声不绝于耳，好不热闹。

我记得，曾和那个人上过宾馆；是那个人硬拉我进去的。如果他还活着，也快七十了吧！不知道他过得怎样呢？真想再见一面啊！因为，他是我这辈子唯一的真爱！如果榆本先生是那个人，不知有多好啊。当然，我很清楚他不是。如果因为妻子早逝而搬到新屋的是那个人……

我躺在床上，老觉得背底下“咕噜”作响，睡不安稳。

合起双眼，过往的景象和人物在眼前一一出现又一一消失。绘里子、榆本先生、友也、美娜；木造房子、银座的地球仪霓虹灯、挤得水泄不通的夜车；记忆有些模糊的那个人、小光、刚才的年轻女人，这些就像我在老人聚会中学过一次的拼布那样，全混在一起，然后渐行渐远，越来越暗。

啊！眼前又浮现了那个景象！

脚底下潮湿的旧榻榻米，在昏暗的屋子一隅，我依稀又看到包裹着悦子的那条白色毛巾被，转动视线，可以看到典子细瘦的腿伸得笔直，纸拉门和遮雨板发出震耳的声响，昏黄的灯泡晃个不停，我们的影子映照在墙上；母亲仓促的脚步声，滴落在接水盆里的雨滴声；壮硕的父亲，头上绑着毛巾，一手拿着铁锤走出大门……

不知什么缘故，我今天看不到他们的面孔。不论是背着悦子的典子，还是在厨房和泥地玄关间忙进忙出的母亲，房里的阴影遮住了他们的脸，我完全看不清楚。

啊，我越来越不确定他们是否在那里。我只觉得似乎有人在那里。我忽然发现，在这个被台风吹得摇晃震动的铁皮小屋里，只有我一个人，孤零零地站在狭小、冰冷的旧榻榻米中央。

房里空无一人吗？我环顾四周，看不见典子的脚，也看不见母亲的身影，只有摇晃的灯泡映照着墙上细长的影子。影子随着猛烈的风声忽长忽短、忽动忽静。是谁在那里？悦子、友也、母亲，还是绘里子？

雨水击落在铁皮屋顶的声音猛烈地撼动整个门窗。“咻咻”的风声像女人凄惨的哭声，忽然发出地鸣般的轰隆声响。风声越来越响，我用力站稳脚跟，仰头看着天花板。屋顶快被吹翻了。屋顶掀开后，就会看到满天的星空。

当我回过神来，发现自己睁着眼，根本就没睡着。睡衣被汗水沁湿了。

此时，已听不到虫鸣声，四周一片寂静。

在灯光明亮的房间里，窗户像穿透房间的黑洞，外面已不见电车的踪影。深蓝的夜空里，只见寥寥无几的星星，在一闪一闪。

自动上锁的门

{ 情妇的秘密 }

我只有一个愿望，

希望妈妈临死前，千万不要突然想起久未往来的女儿，就径自和我联络。

我只祈求千万不要让我听到那样的电话。

9点多搭上的那班电车，不知怎么的，忽然停了下来，而且完全没有显示会再开动的迹象。运气真背！早知道，我离开宾馆就该直接回家。不过我刚才心情很郁闷，只好去电动游乐场散散心。车厢里只有驾驶员反复播放“下一站发生事故”的广播。究竟是车祸、自杀，还是电车故障，广播里一字不提，后来，竟然连广播也断了。

原本乘客全像羊群般乖乖待在车厢里；坐在座位上的上班族和年轻的上班女性继续假寐，抓着吊环的乘客不是打手机就是看书。我靠在车门边，茫然地看着映在玻璃上的自己，心中庆幸刚才已经上过厕所了。

二十分钟过去，电车完全没有再开动的迹象。我忽然想到，说不定小光和那个老太婆在其他车厢，于是抬头东张西望。纵然车厢里并不拥挤，但仍无法看到隔壁车厢的情形。那个老太婆，也真奇怪，固然我不知道带外婆来宾馆的小光是怎么想的，但那个老太婆也未免太有自信了。也许过了中年的女人都一样吧，特别是有家庭的中年女人。

那个老太婆居然斩钉截铁地认为，带人去声色场所的、诈骗的、说谎的全是别人，而自己的亲戚，理所当然都是好人。即使我在她耳边怒斥一百遍："邀我上宾馆，没钱还抢着去买东西，偷东西行径败露，还向外婆讨救兵的，全是你的宝贝外孙。"恐怕她也不会相信。

不知为什么，只要碰上自己血亲的事，大家就会变得不理智。为什么他们不肯承认小光身上确实流着那个没用父亲的血呢？小光邀我上宾馆的借口，居然是想看看宾馆的房间，这种老掉牙的说辞，和他父亲如出一辙。平时，要是说到父子俩眼睛或嘴巴长得像，大家都能自在地谈论，但提到一样的好色时，为什么就无法坦然呢？

不知谁的手机响了，居然和我家的电话铃声一模一样。手机的主人大概睡死了，铃声持续响着，真让人心烦气躁。这个人为什么要把来电铃声调得如此大声呢？车上的人又为什么一副事不关己的样子？站在我斜前方紧抓着吊环的女人一脸苍白，像是快昏倒似的弯下腰去。这时，我才发现车厢里非常闷热。

座位上的一个西装笔挺的男人，让座给那个女人。当有人带头开了窗，大家也接二连三地打开窗户。凉风吹进来，顿时备感舒爽。等到所有的车窗都打开之后，整个车厢充满了下雨似的虫鸣声。这时大家受到感染，也发出低沉的骚动声：“到底是怎么了？”“已经停三十分钟了！”“太奇怪了吧？”

穿着迷你裙，身上还有日晒痕迹的女人，坐在地上猛发短信；两个下了班的男人，边用手掌擦拭额头，边愉快地谈笑。这时，和我家电话一样的来电铃声再度响起。有个中年秃头男子大声嚷嚷想上厕所，引来周遭人们的嗤笑。此时又传来上了年纪的女人的说话声：“如果被关在这里好几小时，可就笑不出来了。”

不久，徐徐的凉风不见了，又变得燠热起来，车内再度充满了静滞的闷热空气。

我一直认为，成为一家人，与搭同一部电车的情况很像。好比现在，车上的人都是碰巧才搭上同一班车，在污浊的空气里，焦躁不安、无聊难耐，完全不知道发生了什么事，但是在这段期间，又不得不待在车厢里。

这与信任、怀疑，好人或坏人无关。就像我们无法完全信任车上的每一个乘客一样；说不定几分钟后，站在我正前方，看起来像溜冰选手的男人会突然抓狂地挥动小刀；那个看来认真的初三男生，可能在不知道自己的家教是老爸的情人的情况下，邀对方上宾馆。这都是极有可能的事。

“啊！不行了，我受不了了！”秃头的中年男子要一个坐着的乘客让开，作势要从车窗爬出去。他可能喝醉了吧。车厢内鼓噪声不断，淹没了虫鸣。中年男子头重脚轻地从车窗栽了出去，大家拥向窗边观看。我也贴着车门玻璃，注视男子滚落田地的模样。男子踩着轻快的步伐向前走了几步，忽然回过头来笑喊着说：“不要光是看啊！想出来的就出来呀！”

男子掉落在空地上。于是我也加入大家的行列，右脚踏在那个男人留下白色脚印的座位上，撩起裙角，另一只脚跨出窗外。车厢里的骚动嘈杂声越来越大。不过，没关系了，因为我再也不想待在这种热气弥漫、密不透风、令人作呕的地方了。

我抓着行李架，像跳凌波舞似的，两脚一齐伸出窗外，再慢慢将身体挤出去。总算把屁股挤出窗外，双脚却找不到支撑，上半身一股脑地滑了出去。确认身边的着地点后，我松开抓着窗框的手，奋力跳到地面上。

我跌坐在满是沙砾的地面上，手掌也因磨破而渗血。我赶紧将掀开至大腿的裙子拉好，站起来往前走。不久，远处传来车内广播“请勿跳车”的警告。在漆黑的田地一隅，刚才带头跳窗的秃头中年男人，正背着我小便。

我回过头一看，只见车里的人，一个接着一个从窗口跳下来；也有人猛力撬击车门。大家可能因为遇到意外状况而精神亢奋，到处不时传来阵阵欢呼声、悲泣声以及持续不断的笑声。

顺利逃出电车的乘客，列队走在田埂上。虫声离我们越来越远。在田地的对面，一整排闪烁着霓虹灯的宾馆，犹如浮在水面的城堡。

我发现就业服务中心的招聘职业类别相当有限。柜台男服务员热心地告诉我，可以选自己喜欢的工作。我一边听他说明，一边认真考虑是否要回东京。东京不但工作机会多，程序设计公司也比较专业，更重要的是，只要搬离这个地方，就不会再和京桥一家人有任何瓜葛了。

走出职业介绍所的大楼，我边走，边浏览车站大楼的橱窗。当我拿起秋装和饰品站在镜子前比试时，忽然想起银行里的存款余额，就再也提不起劲逛街了。

我只好到地下街的超市去买晚餐，存款余额的阴影在这里也隐隐浮现。我舍弃菠菜和猪肉，选择比较便宜的茄子和特价鸡胸肉。这时，我忽然觉得前途暗淡、日暮途穷。

看着手上的番茄罐头，我陷入了沉思："也许我不该辞去程序设计公司的工作。失业保险金最快也要明年才领得到，当小光的家教赚到的两万日元不过是杯水车薪。如果回东京，应该找得到工作吧？"我忽然又想起自己连搬家费也没有，只好将一百一十八日元的番茄罐头放回架子，在超市里继续闲逛。

下午稍早的超市里空荡荡的。我把茄子、鸡胸肉和限时抢购八八日元一盒的鸡蛋放进篮子里，在多数消费不起的商品间走动。

褐色头发的女人牵着一个小女孩，在推车一口气放了三罐刚才我下不了手的番茄；一身赘肉的女人把各种速食的中国菜作料放进篮子；一对勾着小拇指的恋人，站在奶酪专柜前，讨论起 Mozzarella、Pheta 等高级奶酪。

嘈杂的扩音器广播，下午2点半开始蔬菜大特价。和一些快步跑向蔬菜区的人一样，我也踩着滑溜的地板，大步走了过去。番茄、胡萝卜、杏鲍菇、红椒、黄椒，装满一袋，只卖二百日元。我从握着麦克风的店员手中抢下塑料袋，将番茄塞进袋子。刚才看似空荡荡的超市，竟冒出一堆女人，全挤在特价车旁。

即使被肥胖的中年人挡住、被带着孩子一脸穷酸的女人推开、被一身穿金戴银散发浓烈香水味的女人挤到一边，我仍旧奋不顾身地伸手抢番茄。这些女人当仁不让，能多拿一个杏鲍菇或番茄也好，拼命把蔬菜塞进袋子，这全是为了她们的家。

忽然一个毫不修饰脸上皱纹的女人，发出了与她形象极不相称的尖叫声，挤成一团的人群闻声散了开来。原来，正在抢购特价番茄的我，竟把一个熟透的番茄挤烂了。番茄泥汁从我手上滴落在超市洁白的地面上。

“各位顾客，少安毋躁！”店员以戏谑的语气对着麦克风大喊，“限时抢购的时间还很长，请慢慢挑选！”“一个一个慢慢选，轻轻拿！”“挑您喜欢的，一袋只要二百日元！”

女工读生怯生生地递给我一条毛巾。我把沾满番茄汁的手擦干净，从一大群女人中抽身离去。

我不想要家庭。我二十岁那年，从职校毕业之后，虽然还不清楚自己要做什么工作，却已下定决心不结婚。二十三岁、二十五岁过去了，下个月就满二十七岁了，我依然不想拥有自己的家，却逐渐感到惶恐，不知将来该做什么、要怎么过日子。不论自己还是身边的亲友，都十分担心这个问题。要不要结婚只是一个选择，可是一旦决定不结婚，为什么就会面临无数的选择呢？

晚餐当然就只能吃茄子、鸡胸肉和番茄。刺眼的金色阳光从朝西的厨房窗口照了进来。我眯着眼睛，摇晃平底锅，自信能把这些原料包在蛋皮里，做成荷包蛋。不料，煎蛋皮失败，最后端上桌的是蛋炒鸡肉、茄子、番茄。

下午5点钟，从西边窗户照射进来的阳光，变成泛红的金黄色。虽然还不到晚餐时间，但我已经把饭菜端上餐桌，再将杯子倒满啤酒，轻声对自己说“吃饭了”。

喝完啤酒，正要开始喝葡萄酒时，电话响了，嘴里含着鸡肉的我顿时一动也不动，两眼盯着丢在地板上的电话，之后我慢条斯理地咽下口中的食物，慢慢走去接电话。

话筒才一靠近耳边，马上就传来小贵的声音。

“小三奈呀，在干吗呢？”这个笨男人呆呆地问。

“吃饭啊！”我也呆呆地回应，“好难得不打手机，打家里的电话。”

“嗯，我想这个时候你应该在家。还挺早吃晚饭，吃什么呢？”他问。

“鸡肉茄子番茄炒罗勒荷包蛋。”我回答。

“那是什么？好像很好吃！真羡慕你啊！不像我，现在还在外面拜访客户，很辛苦的。”他说。

“那，你要不要过来啊？偷溜一下吧！小三奈会疼爱你的。”我说。

“啊！很想让你疼爱啊！”小贵的声音变小了，而且断断续续的。我从听筒里听到电车的开车笛声。

“明天有空吗？小三奈……”他问。

“有空啊！”

“那就5点在车站大楼碰面，好吗？”他说。

“小贵老喜欢临时取消约定，不然就是迟到，所以我不想约在车站大楼。再说，那里的店我也逛腻了，根本没办法打发时间。Discovery Center 的咖啡厅，就没问题。”我说。

“什么？Discovery Center？”小贵忽然沉默不语，大概正在计算在那里碰到家人的概率吧。

“好吧！明白了。就在 Discovery Center 的 Starbusks。你听，这样说是不是有点嘻哈风？Discovery Center 的 Starbusks，大家来去星巴克，来吧，再会吧……”他说着。

“笨蛋，小贵你真像个笨蛋。迟到的话，要给我打电话啊！我会在那里打发时间的。”我说。

“OK！明天见！爱你哟，拜拜……”他说。

我把电话放好，然后打开灯。从西面窗户照射进来的阳光，逐渐透出晚霞的色泽。泛着油光的平底锅浸泡在水槽里，在日光灯的照射下，特别白亮。

我回到餐桌旁，但已完全没有食欲，只好把冷掉、泛着油光的食物倒进了水槽，抱着葡萄酒瓶坐在电视机前。啜了一口葡萄酒，这酒竟是如此苦涩，难以吞咽。

小贵依旧没有准时到星巴克赴约。我坐在里面的位子，边喝咖啡边看着外面来来往往的行人。尚未下山的太阳，像拖着绵长的布匹般慢慢倾斜。一个两手拎着超市塑料提袋的女人，匆匆从门前经过，我一时误以为是小贵的太太，还一直盯着她的身影，直到她消失在停车场里，后来才想到小贵老婆的头发没吹整得那么漂亮。

一群露出肥胖大腿、高声喧哗的高中女生走了进来，却犹豫不决了好一会儿才开始点餐。原以为她们和小光的姐姐穿的是同样的学生服，我不禁压低了帽檐。不过又想想，穿黑色运动外套的学生到处都是，我干吗那么害怕呢？于是，我干脆脱掉帽子，拿出粉饼盒补妆。

我越发觉得，和小贵一家人在这个购物中心遇到的概率很高，包括小贵的老婆、美娜、小光、我、小贵和那个老太婆。

要认识小光实在是易如反掌。不知是小贵将注意力全放在上次在车站遇到的中年情妇身上，还是太信任我的人格，他对我总是有问必答，包括家里的住址、电话号码，小孩的名字、年龄、学校，甚至连学费和两人的成绩，也都毫无保留地告诉我，记得他还笑着说“脑袋越差越花钱”。上次他女儿生日，他还拿出餐厅送的“拍立得”照片给我看，所以，想要遇到小光实在是易如反掌。

我好几次不上班跟踪小光。小光读的是学生人数众多的完全中学（注：初、高中部一体的学校），刚开始找他还真煞费苦心，不过一旦找到了，很快就能从一群学生中认出他。

也许是没有朋友吧，小光总是单独行动。他每天放学之后搭公交车到 Discovery Center 闲逛，然后再搭公交车回那个大社区。因为他有时候也会去逛 Discovery Center 后面的样品屋，让我觉得他是个奇怪的孩子。难道小光在他老爸口中的那个社区的家没有自己的房间吗？难道他想要有一个院子养宠物？

小光总是先在这个门可罗雀的样品屋展示区绕一圈，有时像下定决心走进样品屋的样子，有时只是在干燥的柏油路上走着，之后就离开。

原本我还很郑重其事地策划要与小光不期而遇，但似乎没这个必要。因为我跟着小光走进样品屋展示区的次数多了，有一天他就主动跟我搭讪：“我很想参观样品屋，但是工作人员看我是个初中生，都说要有父母陪同才能进去。不好意思，是否可以麻烦你和我一起进去参观？”

我们假装是一对等不及假日和父母一起来参观样品屋的姐弟，便顺利混进去了。我扮演一个婚期已近，却拗不过伤心不舍的父母，只好与他们同住的姐姐，小光饰演夹在姐姐和父母之间，不知如何是好的斯文弟弟。有些销售人员识破我们的谎言，摆明不欢迎我们，不过倒也没把我们赶出去，只是不理会我们，继续工作。

“妈说吧台式厨房好，我觉得太老式了，还是中岛型的比较好。我也答应和他们同住，我都让步了，他们也该听听我的意见吧！贵史，你说对不对？”我以姐姐的身份对畏首畏尾、东张西望的小光说。小光竟面红耳赤地连连向我点头表示同意。

有些销售人员被我的演技骗了，还塞了一些广告和来店礼品给我。这天，我们大约参观了三分之一的样品屋。

离开样品屋展示区，我们会心地相视一笑。

“真巧！我爸也叫贵史。这名字虽然很普遍，不过刚才你那么一叫，我吓了一跳，差点在样品屋里叫出来呢！”也许是参观样品屋的心愿得以达成，小光兴高采烈地说。

在去公车站牌的途中，小光告诉我，他不是想要买房子，只是对房子本身感兴趣。我觉得他是个认真的初中生，于是告诉他，我是美术系毕业的。果不其然，他对我产生了兴趣，问了许多问题：“您的学校有没有建筑课？”“建筑系教些什么？”“哪些学校有建筑系？”“跟盖房子的技术比起来，我更想学的是为什么那个房子要这样设计。日本有这种学校吗？”

在靛蓝的暮色中，小光热切提问着，差点把我考倒了。

我说我想和他做朋友，那种可以偶尔一起逛样品屋、聊聊美术的“朋友”。

小光建议我当他的家教。因为他不想让家人，特别是让他妈妈知道自己对房子有兴趣，如果是家教和学生的关系，或许更容易成为“朋友”，而且既然常常要向我讨教，总不能空手吧，但他那点零用钱又无济于事。听了他的话，我只觉得，以一个初中生来说，他不是头脑聪明就是善解人意，因此我举双手赞成。这个意外的进展，现在回想起来还真有点诡异。

和小光的母亲见面，是在确定担任家教一事之后，我不禁自问，为什么呢？每周潜入情夫家中一次，究竟为的是什么？我并不想破坏他的家庭，也不想把他据为己有，更不想威胁恫吓强求什么。

我怎么也不明白自己的意图，就这样，上了第一堂课。

“小三奈，对不起，我又迟到了，今天我请客，什么都行！”小贵双手合掌，一副求饶的模样。

“真是的，既然会迟到，就该打手机告诉我啊！这样我就去逛街了。”说完，我站了起来，窗外已一片漆黑。

“真对不起。才要出门就接到一个投诉电话，大惊小怪地说上个月卖给东南亚杂货屋的岑里岛壁挂长虫了。”他说着。

“算了算了，那今天就全依我的！”

“好好！全听你的。想吃什么？你说什么都行。”他说。

“那当然！”

走出店门，寒风刺骨。我不由自主地想挽着小贵的手，却被他有技巧地闪开，想必是担心遇到家人吧。我只好把孤零零的手插进大衣口袋。

“我想去宾馆。”我说。

“什么？”小贵回过头来大喊一声。

“我现在就想去，等不及了。”

“那晚饭呢？”他说。

小贵虽然面有难色，但从皱成八字形的眉宇间，隐约可见他心头的雀跃。自从第一次看到他，我就觉得这个男人像个透明的杯子，不论外表如何精雕细琢，却能一眼看透。他或许正得意地盘算着，可以不用提心吊胆地在这附近走动，而且可以尽早和我享受鱼水之欢。

“可以吃宾馆里面的餐点啊！多买一些啤酒吧。上宾馆休息嘛！”

“真拿你没办法。不过，小三奈，不是休憩，是休息吧？”他说。

我们沿着来往车辆川流不息的道路走着。

“很久没上宾馆了。”小贵走在我前面说。

车声一旦稍微停歇，尖细响亮的虫叫声便清晰可闻。

“哇！你看，‘野猴’！多夸张的名字！我想去那里，好，就这么决定了。”我说完之后，小跑步追过前面的小贵。

“啊？名字比这家好听的多的是，像‘瓦陶宾馆’不是比较好吗？”

小贵嘴里这么说，却还是跟上来。

之前他曾经半开玩笑地聊起学生时代曾和公司的女同事来过这家宾馆，结果因为避孕失败被迫结婚的往事。看来这个“杯子男人”早已将这件事忘得一干二净了。

我们登记的是505号房。房门才关上，小贵就迫不及待拥吻我。我一边让小贵拥吻，一边用一只眼睛环视屋内。记得上次的房间是粉红色的少女味，而这个房间则是给人整齐清洁的感觉，床罩和沙发都是蓝色条纹图案，比粉红色的房间略为狭窄。

“好想你，小三奈……”小贵欲火焚身，一只手抚摸着我的臀部说。

他在这家宾馆有了孩子，而我又和他的孩子一起上这家宾馆，真是超乎寻常的变态。

连续做了两次之后，我们俩筋疲力尽地躺在床上，望着天花板上的镜子。我们光溜溜的身子映照在镜子里，仿佛飘浮在黑暗中。

我点燃一根烟，边吸边望着天花板上的自己。小贵亲吻我的胸口后，从冰箱拿出一罐啤酒喝。他全身上下瘦得难看，只有肚子凸了出来。

“不错！小三奈喝吗？”小贵问我。

“嗯，给我一罐吧。”

我坐在床上，畅饮小贵递来的冰镇啤酒，不料喉咙竟阵阵刺痛。

“下次家教是什么时候？”小贵打开灯，看着菜单，一副事不关己的样子说。

“唉，你记一下吧，每个星期四！”

“是吗？那就是后天！这里的餐点真是五花八门，意大利面、生鱼片、拉面、牛肉饭，什么都有。”他说着。

“我随便什么都可以。喝了啤酒就没有食欲。如果小贵要点餐，顺便帮我点个简餐吧。”

“你真的不出去吃？就在这里吗？”他问。

“嗯！我很累，很困。”喝完大罐啤酒，我又闭上眼睛，横躺在床上。

“那天可把我吓死了。看见你在我家，我差点吓昏了啊！这件事算是我一生中遇过的三大怪事之一。第一件，是听到老婆怀孕；第二件，是看到母猫吃掉刚生下的小猫；第三件，当然就是那天在家里看到你喽！”

小贵的声音渐渐变得遥远。日光灯的白光映留在我的眼底，我在沾着汗水、略湿的床上沉沉地睡去。

一开始，小贵完全无法接受我成了他儿子的家教，大动作地想要切断我们两人的关系。他不再主动联络我，当然也没有问我为何介入他的家庭，手机老是打不通，打去公司也始终找不到人，而且只要去办公室找他，他一定不在。

他极力想逃走，我对这个笨蛋男人深感同情。一个年近四十的人，竟然还没懂得“逃避只会使情况更糟”的道理。我不得不这么想，不论过去还是未来，他都用这种态度面对爱情、家庭、事业和人生。

后来，事情的发展让他更加难堪。当他发现我每周去他家老老实实地担任家教，完全没有惹麻烦的意思时，又蹑手蹑脚找机会靠近，打算重修旧好。他自认为没有即刻的危险，就马上又露出一副“夜郎自大”的德行。每逢星期四家教课的这天，这个男人总会提早回家，并千方百计邀我留下来一起吃晚餐。他毫无根据地卸下心防，有一次还借故送我去公车站牌，在楼梯转角处和我搂搂抱抱。之后，他该不会一身欲火地回家吧？太愚蠢了！

但是，也正因为他是个虚有其表、愚不可及的“透明杯子”，我才和他交往。他每次都会拿麻烦当借口，对任何事总是轻易放弃，不愿坚持。

电话铃声像从远方传来的脚步声似的，在耳边响个不停。又是那个梦。我跳起来想挥走那个梦，却正好和坐在沙发上吃面的小贵四眼相对。

放在床边的白色办公用电话持续响着。

“电话！”我一脸厌烦地说。

“等一下，小三奈你接下吧。”小贵正“稀里呼噜”地吃着汤面。

“不！为什么要我接？”

“唉，真是的，那等我先吞下去。”他说。

几秒钟之后，小贵总算接起电话。我走下床，茶几上有拉面和饺子，电视在播成人影片。这个房间没有窗户，怪不得令人感到狭隘难耐。整个房间充满橘色的灯光，连角落都映照出柔和的亮光。

“是的，不，不住宿，只休息。对。”小贵谦卑地在床上正襟危坐，将话筒贴在耳边不断地点头。

“讨厌！我们过夜嘛！”我说。睡梦中听到的电话铃声依旧在耳边回荡。

“啊？过夜？我明天一早还要上班……”小贵一手压住话筒说。

“你不是说今天全听我的吗？骗子！”我把一个冷饺子塞进嘴里，摆出一脸很不高兴的样子。

“啊，不好意思，可以改成住宿吗？哦……价钱没关系。嗯，那就麻烦您了。”他说。

我站在电视前面吃饺子。小贵挂上电话，从后面抱住我，说：“真是的，小三奈今天真任性！你从来不要求过夜的啊。”

电视画面上出现一个一脸苍白的女人色情的画面。

“才10点嘛，去唱KTV怎么样？从这里走过去很近，如果去唱KTV，就可以不过夜。”我说。

“唱KTV啊？”小贵在我背后磨蹭，口中喃喃自语，似乎在盘算着，究竟是冒着发生家庭革命的危险讨我欢心在外过夜好呢，还是就算晚归也要回家睡觉比较安全呢？他绞尽脑汁拿捏得失。

“这样吧，我们去唱KTV。我很久没唱了。”他说。

“既然要去KTV，干脆把小光叫来吧。如果爸爸也在，就不会发生像上次的事了。爸爸，打电话叫小光来嘛！”

“别开玩笑了，小三奈，你也该适可而止吧！”小贵说着，把我拉到床边并压倒在床。

他一手拨弄我的头发，舌头伸入我的口中，用那种装可爱的口气说：“对了，你刚才睡着时，大声说梦话呢！是不是做噩梦啊？不要怕，有我在……”说完，他吻遍我的颈胸。

我越过男人的肩头，与天花板镜子里的长发女人四目交接。

小光的房间毫无生气可言，但就男孩的房间来说，倒是整理得相当整齐。他房里的色彩并不一致，也有塑胶玩具和怪兽的摆饰，理应给人居家的感觉，但坐在小光旁边，我却觉得像在一个死气沉沉的空间里。

所以，当小光的房间弥漫醋的味道时，让我不禁感到错乱。那种感觉就像藏在抽屉里被遗忘的糕饼，有一天突然发出腐臭味，我却一脸困惑地四处嗅着。

“老师，这里应该不是您家吧？是哪里？”书桌上排放了许多照片，小光拿起一张问。

我把脸贴近那张褪色的相片说：“哦，是住隔壁栋的女孩子家，她叫什么名字啊？对了，叫小依。”

“啊，这房子看来很老旧！”

“是啊。小依家有位老婆婆。不管是这个门帘，还是那些矮茶几、茶具柜，都有怀旧的气氛。”我说。

“整个社区好像都朝南，那么这个女孩的家，不论隔间，还是窗户的位置都和你家一样吗？咦，看起来好像正好相反。我们对照这张照片，老师家在三楼，所以……”小光说。

虽然我是小光的计算机兼英文家教，但我几乎没什么可教他的。他的学校成绩并不理想，学习热情也不高。我也不清楚小光对什么特别有兴趣，他老把房子、建筑什么的挂在嘴边，但究竟对什么有兴趣，是室内装潢？房子的结构？建筑设计？还是别人的生活呢？

我不知道，也不想知道。不过既然拿了钟点费，我还是把他的话当一回事，去图书馆借适合的书籍杂志，或从自己的书柜里找一些数据。上次他一说想看我家的老照片，我今天就从相簿里拿了几张照片过来。如果他问我计算机或英文的问题，我当然会教他。正如小贵所说的，小光学校的学测成绩不高，所以连我也能解答他们大多数的国文、英文问题。

“大约二十年前，我那时刚好七岁，那时你和美娜连受精卵都还不是呢！”我说。

小光听我说完，只是一言不发地低头看着照片。二十年前，当我和小依兴高采烈玩“鬼太郎扑克牌”时，小贵和他老婆该不会正在约会吧。

“我这么说您可别生气，这房子的外观真难看。方方正正的，看起来既没有亲切感又不坚固。”小光说。

“是啊。”我说。

“这中间的沙坑很不实用。这种设施五年后就不会有人想玩了，到时候就只能留在那里杀风景。当年是一群年纪差不多的父母搬来，然后怀孕生小孩，而这些建筑和游乐设施也跟着大家一起老去。当年在这里出生的孩子，有大半是叛逆的青少年了，这种设施当然也就越来越没有人会去玩了。”小光说。

我把脸凑近褪色的照片。小光忘我地侃侃而谈，我望着窗外，有一搭没一搭地应着。从我的位子往外看，只能看到淡蓝色天空和电线，几只麻雀停在电线上。

当醋味逐渐消散，马上又传来麻油的味道。小光完全不以为意，看来人们对自己家里的味道，感觉异常迟钝。

“今天为什么想帮我庆祝？”我问。

原本低头看照片的小光，抬起头来看着我：“大概是您的生日吧？”

“我不是这个意思。我是说，你的家人为什么要帮我庆生？”我一手撑在小光的书桌上，托着腮喃喃自语。

三天前小贵的老婆打电话来，口气平淡地说：“如果方便，这次家教课后请老师空出时间，因为大家都兴致勃勃地想帮老师庆生。”

虽然我怀疑其中有诈，不过懒得多想，干脆欣然接受了。

“我家门都是自动锁上的。”小光说。

“什么意思？”我问。

“觉得这附近的人家都一样。反正是乡下地方，每户人家都不上锁，对于外人的进出没多大限制，很大而化之。在家招待不太熟识的人也是常有的事。但家中另有一扇绝不会开启，也绝不会告诉你密码的大门。表面上告诉你大门全开，暗地里却是自动锁上的。”小光说着。

小光说完，抬头看了一眼墙上的挂钟。

“你说的是关于物理上的原理还是心里的感受？”我问。

“嗯，都有吧。在我家是这样，去朋友家时，感觉也是这样，我姐姐的男朋友家好像也是。可能是这个地区住户的习性吧。我的意思是说，我们虽然想帮老师庆生，却又舍不得花钱。”小光自我嘲讽地说。

正当我想开口告诉小光，包括我的家人在内，大部分的人都是这种想法时，忽然传来轻轻的敲门声。

“不好意思，如果课上告一段落，请小光出来帮忙，因为美娜还没回来……”是小贵的老婆。

小光露出为难的笑容，起身看着我。

客厅和厨房都乱糟糟的。餐桌上有一桶寿司白米饭、放在砧板上的蛋皮。客厅里到处散落着装饰用的折纸。

“小光，帮我把折纸贴上去。你知道怎么贴吧？像从前那样，把放在那里的贴好。北野老师是客人，请坐吧。”小贵的老婆站在早餐吧台后方说。她的声音比电话里高两个八度。

“嗯，我也一起帮忙吧，这样比较安心。你们费心帮我庆生，真让我过意不去。”我说。

“是吗？真的吗？那就请老师先用那边的扇子帮我把饭扇凉，然后把旁边的醋均匀地淋在饭上面，好了之后来我这里，帮我剔除虾子的泥肠，然后再……”她说。

“妈，不要太过分啦！老师，我妈会没完没了要人家做事，你量力而为就行。”小光说。

我和小贵的老婆都被小光的话逗笑了。他把怪异的手绘海报贴在墙上，白底上有奇异笔写的字，以及黄黄绿绿，颜色众多的描边。

我摇动扇子扇凉白饭，不时看着自己的手，脸上不自然的笑容已经消失。这时，压着海报右侧的小光，恰好转头看着我。

海报上，粗大的蓝字笔画描着粉红色边，上半部写生日快乐，下半部则写北野老师和外婆，还画了一个爱心。

“妈！”小光粗粗的声音喊着。

“什么？”

“还要贴这些卫生纸做的寒酸纸花吗？今天会有多少人呀？”小光说。

“六个啊！不是早就说了吗？”小贵的老婆走出厨房，看着小光说。

“难道我没说外婆要来吗？”她又说。

“我没听你说啊。”小光熟练地把卫生纸花贴在海报上。

“你忘了下星期是外婆的生日吗？你该不会没准备她的生日礼物吧？这样不好吧。如果爸爸和美娜也都忘了准备，怎么办……只送老师礼物却没送阿嬷，好像很过分。”她说。

小光一语不发。我也静静地把醋淋在白饭上，用饭匙轻轻搅拌。

“唉，算了，就跟外婆说我们是合买礼物送她好了。有老师在，她应该不会闹别扭吧。”小贵的老婆走回厨房，自言自语的，嗓门还挺大。

我和小光再次面面相觑。从他的眼神里，我知道所谓的外婆，就是上次的那个老太婆。我忽然想假装肚子痛立刻离开，不过很快又觉得无所谓了。既然是这家人不正常，我又何必在意呢？

“寿司做好了！接下来要剔除虾的泥肠是吗？”我问。

我故作开朗地走进厨房，发现站在厨房可以将整个屋内一览无遗；只见小光正用胶带把纸环串成的彩带固定在梁上，灰色的电视屏幕上映照着小光的身影，还可以看到另一侧的观叶植物和餐桌上的寿司饭桶。

“我家有个不成文规定，寿星可以在生日餐会上挑选自己喜欢的东西吃到饱。我昨天晚上才发现忘了问老师喜欢吃什么，所以今天主菜就以外婆喜欢的炸虾为主，真不好意思。”小贵的老婆在我旁边一边剥开沙丁鱼，一边说。

我用竹签挑出虾背上的泥肠，茫然地看着小贵老婆那双沾满鱼血和内脏的手。

“其实大家都想上馆子。我们家经济比较宽松时，也会上馆子庆祝。不过，很惭愧，最近大多在家里庆祝。原本想请老师去餐厅庆生，想到老师一个人住，偶尔尝尝家常菜也不错呢。哈哈，这是省钱的借口啦！”她说。

“真不好意思，还让大家为我庆生。”

“别这么说，我们全家都很爱热闹，而且帮北野老师和外婆两个人庆生，也比只帮外婆庆生热闹多了。啊，小光，你怎么一点也不会布置呢！站远一点看看，全都挤在一起了，这样可不行。”小贵老婆说。

“真是的，啰唆死了。不满意就自己贴！”小光说。

“你这是什么态度！真气人！罚小光少吃一只虾！”小贵老婆说。

“啊！不好了……”小光说。

打从第一次和这家人一起吃饭，我就觉得这屋子里好像有一种似曾相识的感觉。究竟是什么感觉呢？

刚才我看着小光将客厅贴满纸环彩带，这才恍然大悟——是“才艺成果展示会”。小贵的老婆那兴奋的模样，像是“躁狂症”发作，而能够洞悉“沙坑超不实用”的小光，其实稚气未脱；写着碍眼的“生日快乐”字样的海报、让屋子变得俗不可耐的卫生纸花，看起来像极了“学生才艺成果展示会”！

“我回来了！”美娜打开玄关的门，在走道那头高声喊，宛如从舞台右侧新出场的演员。她说："二奈老师，总算见到您了！笨小光，老是告诉我错误的情报！"

"喂！美娜，去换衣服。唉，你们怎么这么吵？"小贵老婆说。

我注视着小贵老婆的手，暗红色的内脏沿着她的指尖掉进水槽；除此之外，我不知道还能正眼注视哪里。

小贵的老婆开始起锅炸海鲜，美娜和小光在餐桌旁摆放餐具，我独自坐在沙发上看电视。时间刚过晚上六点半，门铃响起，原来是轮到那个老太婆出场了。

她穿了一身很正式的藻绿色套装，一看到坐在沙发上的我，在眼神交会前就撇开脸去。看来这个老太婆早就知道今天会和我同桌吃饭。

"这位是小光的家教，北野老师。"小贵老婆在厨房里高声说着。

"小光受您照顾了。"老太婆深深弯腰鞠躬。

"真是的，跟爸爸说6点半开饭，他还是迟到。"

"我不是早告诉过你，跟贵史约时间一定要早说半小时，不然一定无法准时开始。"

"外婆，不是啦，我们要他去 Discovery Center 买限量蛋糕，妈，对不对？爸爸一定还在排队啦！"

"说的也是，真错怪他了。听说要排很久才买得到。"

我坐在沙发一隅，听他们你一言我一句的。为什么没有人发现大家处在一个荒诞古怪的情境里呢？卫生纸花，纸环彩带，拙劣的手绘海报，在宾馆碰面的小光和他的外婆，歇斯底里竭尽所能，展现无比幸福的小贵的老婆。

玻璃窗上映照着蓝色的天空。阳台上开了既不自然、颜色也不搭的花。

“不等爸爸了，我们先干杯吧！爸爸的炸虾等一下再炸好了。老师，请来这边坐。”小贵老婆说。

我依言站起来，走向长方形餐桌的一端。老太婆坐在另一端，完全不看我一眼。餐桌上摆满了沙丁鱼寿司、一大盘炸虾、炸蟹腿和鸡肉色拉。

正当小贵的老婆将啤酒倒满我的杯子时，玄关传来开门声，是小贵回来了。

“哇！及时赶上！等我五秒钟就好。”小贵说着跑进厨房洗手，然后坐在我右手边的斜前方。

“老公，怎么这么晚？”小贵老婆问。

“买到蛋糕了吗？”美娜问。

“噢，买到了。是 Grand March 手艺高超的厨师做的，又黑又大的蛋糕对吧？我放进冰箱了。”

“等一下，你弄错了吧！才不是 Grand March 呢！我们说的是 Chez 珑泽的巧克力蛋糕。都跟你说那么多遍了！真受不了！”美娜说。

“什么是 Chez ？漫画吗？哼！蛋糕店干吗取这种怪名字？”

“真是的，怎么那么土！唉！是我太笨，居然拜托爸爸去买。”美娜说。

“喂！姐姐，你说够了吧！又不是你生日。”小光说。

“就是啊。老师，真不好意思，一家人都傻乎乎的。我们干杯吧！庆祝三奈老师第二十七次、外婆第N次生日，生日快乐！”小贵的老婆说完，将杯里的啤酒一饮而尽，之后突然唱起生日歌。

我目瞪口呆地看着小贵，他却神情自若地帮自己倒了啤酒。

美娜也跟着小贵的老婆一起高唱生日歌。

两人唱罢，竟拍手欢呼：“耶！”小光和小贵也拍手附和。

这些人难道不觉得奇怪吗？不觉得很像学生才艺成果展示会吗？我一口喝光杯里的啤酒。

“耶！”小贵边欢呼边帮我倒啤酒。由于小贵平常和我在一起时颇为正常，所以我还以为他是默默隐忍这种荒诞怪异的情形。事实并不尽然。小贵只要还是这个家族的一员，就必然和其他成员一样怪异。

这家人究竟怎么了？明明每个人都很古怪又荒诞无稽，为什么聚在一起时，却又能表现得如此正常呢？一副我们就是过普通生活的寻常人家一样。

我盯着小贵老婆的手，刚才还沾满内脏秽物的指尖，早已洗得洁白透着光泽，而那只手正朝我伸过来。

“老师，请把盘子给我，我来分色拉。”她说着。

“不好意思。”我递出盘子，又喝光了杯里的啤酒。

餐桌上的日光灯亮晃晃地照耀在每个人身上。记得和小光逛样品屋那天，我曾经自忖为什么要和情人的儿子交朋友，现在我终于明白了，我只是想亲眼看看这个愚蠢“杯子男人”的奇怪家庭。

上次，我对小光外婆说的话有一半是谎言。我的父亲固然已经过世，但我的母亲依旧活得好好的；不过，由于今后也不可能再和她见面，所以对我而言，即使谎称她已经过世，也没什么差别。

父亲在我十九岁那年过世了。

那是一个星期五的深夜，电话一直响着。十九岁的我住在东京，每天和在专科学校认识的男友黏在一起。当时我对男友以外的任何事都没有兴趣。电话铃声持续不停地响着，我依旧和男友躺在床上。

我之所以记得那天是星期五，是因为隔天是周休假日，我和男友说好要在床上玩到天亮。虽然已经入秋，我们还是整夜开着冷气，奋战了好几回，根本无心下床接电话。男友伏在我身上嫌电话啰唆，我双脚缠绕在他背上，告诉他别理电话，等一下自然会停下来。不过，我还是不由自主地数着电话铃声，十五、十六、十七……还真久啊！数到“二十”的时候，男友和电话铃声不约而同地停下来。

次日，我住在男友家，又过了一天，我一回到租屋处，电话又响起了。

我拿起话筒，还来不及说话，对方就唐突地问我是谁。我没多想，直接反问她是谁。一阵沉默之后，对方问我是不是三奈，我回答“是”之后，那个陌生女人忽然像连珠炮似的，以犹如快刀切小黄瓜丝似的怪异语调，滔滔不绝说了起来：“我从昨天就一直打这个电话。我不知道可以联络谁，也没有其他电话号码，真是伤透脑筋，只好按重拨键。我还以为这是他朋友的电话，没想到来接电话的是女儿。你父亲昨晚在事务所里昏倒了，大概是前天深夜昏倒的吧！不过上面的日期写的好像是昨天。我昨天中午过后去他那里，如果早一点去可能还有救……”

女人稍微沉默了一下，接着又以一定的规律，像切蔬菜丝似的语调说：“我告诉你医院地址，请你记下来好吗？还有，请不要联络你妈妈，三奈自己过来比较好。我会在这里等你，请你尽快过来吧。”

我完全不懂她在说什么。事务所？爸爸不是进口食品公司的职员吗？“如果早一点去可能还有救”，这是什么意思？难道回天乏术了吗？电话重拨？我没接到爸爸的电话啊！

想着想着，我忽然心头一震，那天深夜持续响个不停的电话该不会是爸爸打的吧？怎么可能？又不是“鬼月”的灵异节目。

我转了几班电车，不到一小时就到了她说的那家医院。一位消瘦的中年女人带我去病房，父亲的鼻孔插了一条细管，另一端连接一台我从没见过的仪器。我捺着性子，静静听医生的说明：“前天，你父亲和同事一起在市区喝完酒回到事务所，之后脑血管中风蜘蛛网膜下腔出血昏倒在地上，直到第二天中午才被这位女人发现，虽然很快送医，但是，即使动手术也为时已晚。”

父亲身旁的巨大仪器屏幕上显示出绿色波状线条。我听着节奏规律的低沉声，盯着画面上的绿点慢慢描出绿色线条后又消失。我竭尽所能，想要了解眼前的这一切。护士抬起父亲的双腿摩擦。有人说可以刺激心脏血流活络；还有人说，病人昏倒近十小时才被发现，如果发现得早或许就不会这么糟；又有人要我呼喊病人，帮正在和病魔奋战的父亲打气。是谁在说话？是护士、那个中年女人还是医师？

走出病房，中年女人抓住了我的手，要我马上通知妈妈，但绝不能透露她和事务所的事。她和电话里一样，用冷漠且咄咄逼人的口气，三令五申要我对妈妈谎称：“爸爸是星期五深夜在市区和同事喝完酒，回家途中醉倒在路边，被人送来医院。由于随身的笔记本里只有我的电话，所以医生直接和我联络了。”

这个女人甚至还要求我复述一遍，于是我重复着她说的话，神情木然地打电话，将刚才那些话向妈妈说了一遍。中年女人一直在旁边听着，直到我挂上电话，她才递给我字条和钥匙，然后一溜烟不见了踪影。我仿佛在梦里，完全不觉得恐惧、不安、疑惑或伤心。

等到妈妈来到医院，这一切才突然变得真实且慌乱。我们轮流休息，二十四小时照顾爸爸。第二天，我们遵照医生的建议联络亲戚。有好几个人火速赶来了，爸爸勉强靠着人工呼吸器延续生命，到了第四天早晨，终于离开人世。我和母亲与适时冒出来的葬仪社人员，事无巨细地商量着葬礼事宜，仔细的程度令人啼笑皆非。同时，我们也分别四处联络相关的人。

在一连串繁复忙碌的准备过程中，我有一种错觉，那天把我叫来医院的消瘦女人似乎只是个幻影。也许是我为了消除突逢巨变所带来的压力，便靠着自我防卫的本能，虚拟出一个不存在的女人。

守灵定在翌日晚上。我当天中午离开忙得天翻地覆的老家，依据字条上的地址，前往爸爸的“事务所”。事务所位于市区，离电车站约五分钟的路程。那是一栋年代久远的五层楼建筑物，爸爸的事务所位于四楼边间。我在转动钥匙的那一瞬间，紧张得心惊肉跳。

打开房门，一阵腐臭扑鼻而来。走进套房，里面的窗户全都开着，除了一张餐桌之外，没有其他大型家具。也许那个女人已经整理过，屋里整齐清洁。充足的阳光，从南面与西面的窗户照射进来，清爽的凉风轻轻吹过，死亡和守灵夜都被抛在脑后。

我走近放在厨房旁边架上的电话。并不是从医生那里得知，而是那个女人告诉我的，父亲和同事畅饮回来后，到了半夜，突然感到身体非常不舒服，在厕所吐了好几次，他也警觉到这种状况有别于一般的酒醉，于是爬到电话旁，又吐了几次之后，打电话给我。那个女人第二天过来，才发现父亲倒卧在呕吐秽物中。她大概是就当时屋内的状况，推想那天深夜的情形。

屋里弥漫淡淡的腐臭味，然而木地板已打扫干净。我拿起话筒贴近耳朵，却静悄悄的，我环顾四周，发现电话线接头已经脱落，我手上拿着沉甸甸却无声的话筒，忽然明白了一切。

这个房间、那个女人以及她令人无法理解的冷漠口气，究竟代表什么？忽然，那些早已遗忘的孩提时所想不透的过去，又一一浮现在脑子里，仿佛一颗颗撞球相互撞击后，画出鲜明的行走路线图。

我记得，有个陌生女人到幼儿园接我，她买了蛋卷冰淇淋给我，并送我回家。但我就是说不出口，只好骗妈妈是自己回来的。从小学三年级的夏天开始，原本每年一次的“亲子旅游”，连续两年都取消，然而，那时我确实在爸爸称之为“书房”的置物间里，偷瞄到一沓旅游指南。初一那年春天，在学校上课期间，我和妈妈回到她在长野的娘家。我向学校请了三天假，陪妈妈、外公、外婆洗温泉，到寺庙参拜吃烤饼。也就是在这段时期，家里常接到无声电话。有时妈妈外出，我接起电话才说我们姓北野，对方就立刻挂断电话。这种无声电话持续了好一阵子。后来考上高中，爸爸给我一块当时尚未进口的Folli follie“来福士”手表。我心中充满疑惑，无法把爸爸和这个欧洲品牌联系在一起。

“时间过得真快，是三奈吗？”那天电话里女人的喃喃自语，和以前在幼儿园隔着栏杆叫我的声音，竟在耳中重叠在一起。如果从那时算起，爸爸和那个女人已经在一起将近十五年了。即使曾经被妈妈发现一次，两个人还是难分难舍，他甚至在市区准备了一间套房“金屋藏娇”。那个女人想必是因为极力压抑心中的怒火，才发出那样怪异的说话声吧。不论是对爸爸已经这么危急却不叫救护车的愚蠢行径，还是对爸爸最后求救的是他放荡的笨女儿而不是她。

这个放荡的笨女儿，的确笨得连自己父亲命在旦夕都不知道，还优哉游哉地到处留宿，以致漏接了攸关性命的重要电话。那个女人心中尽管伤悲，但也始终对这一点耿耿于怀。因为这么一来，如果爸爸突然过世了，他身后的一切就和她切得一干二净、毫无瓜葛了。那个女人肯定对此悲愤不已吧！从贴着耳朵的沉甸甸黑色听筒里，似乎传来腹语般细微的女人声音。

当我回家时，守灵已大致准备好了。离开爸爸的小公寓，我一路上思索着，是否要把这件事告诉妈妈。直到我踏进家门，才明白根本不能告诉她。昨天还冷静地照顾爸爸，与葬仪社商讨殡葬事宜的妈妈，穿着昨天的牛仔裤，在大家忙着准备事情的和室里，像孩子似的号啕大哭。妈妈的弟弟一直在旁边安慰。纵使守灵的时间就快到了，妈妈还是悲痛不已，最后只好由舅妈和外婆搀着她，去房间换衣服。

葬礼结束后，母亲依然泣不成声，哭累了就望着天空发呆。这时她忽然看着我，喃喃自语：“为什么第一个通知你呢？”

“为什么阿正只记了你的电话呢？”我第一次听到妈妈叫爸爸的小名。

妈妈连珠炮似的自问自答："如果你没搬出去，他就会打家里的电话了！"

"如果他打家里的电话，我或许就能接到，立刻赶过去。"妈妈拨弄着榻榻米的滚边，嘴里说个不停。

"你为什么要搬出去？从家里上学就算比较花时间，但也还可以嘛！这个房子是阿正辛苦努力买给我们的，你凭什么搬出去自己住？为什么就算要打工补贴房租，还是要住外面呢？"

她说得头头是道，但最后还是绕回那句话："为什么第一个通知你呢？"

妈妈什么也不知道。她从没想过，在这个地球上，爸爸有一个专门与情人幽会的小房间，而且这两个人已经在一起超过十五年了。也许告诉妈妈地球上有外星人，她反而还比较容易相信呢！

四十九天过去了，百日过去了，我们买的墓地也立起墓碑，完成了纳骨仪式。表面上我们的生活已恢复正常，妈妈也恢复往常的作息。

那一阵子我频频回家看她，可是每次回去，妈妈常常突然意有所指地迸出："为什么只记了你的电话？"接着便滔滔不绝，不断重复一样的道理来指责我。

说来奇怪，我从未因这些固执又尖锐的责难生气，也不后悔一个人在外租屋的决定，但是，妈妈三番五次的责备，让我心中逐渐产生的某种情绪越来越强烈，并且根深蒂固。

那是一种厌恶与恐惧的情绪。我对“爸爸最后一通电话是打给我的”这个无法磨灭的事实所产生的厌恶，以及对于同住在一个屋檐下，竟然能够将不可告人的秘密完全湮灭的恐惧。

或许我这一生都将活在妈妈和那个消瘦女人对我的怨怼里，而我自己也将终生背负着不必要的罪恶感吧！我也许会被电话铃声吓得不寒而栗，想必每次做爱也会有被偷窥或责备的错觉。

虽然我们是一家人，但是爸爸为什么要把这个重担强压在我身上呢？爸爸有什么权利，理所当然地把他一生的过错全部转嫁到我身上呢？

爸爸一方面依赖家人消除他的罪恶，一方面却始终不愿在家人面前公开自己的另一面。这和同住一个屋檐下谈笑风生的家人，竟是个连续杀人犯有什么不同？我觉得，人如果想对休戚与共、同甘共苦的家人彻底隐瞒，其实是轻而易举的事。

直到今日，我依旧对父亲，或许称“他”比较合适，他所组成的家庭感到厌恶和恐惧。我不认为自己很幼稚，反而自认就算十年、二十年，甚至五十年过去了，这种厌恶和恐惧的感觉也不可能消减。

因此，我既不回妈妈家，也不想拥有自己的家。我只有一个愿望，希望妈妈临死前，千万不要突然想起久未往来的女儿，就径自和我联络。

我只祈求，千万不要让我听到那样的电话响起。

“哎呀！怎么都没吃呢？该不会是不合老师的口味吧？试试这盘刚炸好的。这边的都软了！”小贵的老婆端着一盘炸虾站在我旁边，低头看着我说。

“不公平！我们吃软趴趴的就没关系？”其他人说。

“我又没说软趴趴的。我是说软了。小光和爸爸不是喜欢先把炸虾放凉一下吗？”小贵的老婆说，“三奈老师，把你的盘子给我，帮你拿寿司。啊！妈，与其帮三奈老师倒啤酒，还不如给她喝葡萄酒好点吧？”

“哦！有葡萄酒啊？真难得。也给我一些。”老太婆说。

我木然地看着坐在我斜前方的小贵。小贵似乎感觉到我的眼神，也转过来看着我，撇着嘴笑。除非犯下愚蠢的错误，否则这个男人应该可以永远隐瞒他的秘密；不论是他的老婆还是孩子，大概终其一生也不会知道，那个蹲在车站广场哭泣的老爸的情人；当然也不会知道，那个曾被骂成“阿助回力车”的老爸的这一面。

我想起刚才小光所说的“自动锁上”。根据小光的说法，在一个出入自由的住家里，会有一扇对外人自动锁上的门。但是我认为，这个锁并非针对外人，而是为了预防自己受到侵犯而自动锁上。所以，现在餐桌旁边围绕着五扇样式相同的门，每扇门都安上坚固的锁头，每扇门后面都塞满了丑陋不堪、难以启齿，但在旁人看来又显得微不足道的秘密，而更多的秘密，今后大概也会源源不绝地冒出来。

“老师，我家常喝便宜的啤酒，平常很少买葡萄酒，这瓶葡萄酒说不定很难喝呢。”美娜把白葡萄酒倒进我的杯子，淡淡的香甜果香飘散开来。

“喂，你这个沙丁鱼醋泡得太久了吧？这个醋腌鱼啊，就像用醋洗鱼一样，腌一下就够了。”老太婆满口食物，边嚼边说。

现在，我大可出其不意地向大家公开我和小贵的关系。“对我来说，轻而易举就能敲坏门上的锁。”我心中闪过这个念头，但我一副事不关己的表情。这时，我才突然意识到，他们心中那些丑陋不堪、难以启齿的秘密，其实都和我息息相关。

“既然美娜你们都吃饱了，我们准备送礼物吧！”母亲说。

“糟了！我忘了准备！”父亲说。

“等一下，我去房间拿礼物！”姐姐跑进自己的房间。

“不好意思，我今天没准备。”弟弟说。

“有礼物啊？你们用不着这么费心嘛！”外婆说。

我的耳边响起“生日快乐、三奈、生日快乐”！眼前的景象扭曲变形，我似乎又回到五岁时的童年时光：妈妈年轻的脸庞，贴近我的脸颊轻轻摩擦，一头黑发的爸爸，一脸笑意低头看着我。

他们说：“希望三奈在今后一年顺心如意，三奈，生日快乐！”

“我喝太多葡萄酒了。”我起身说，“我去一下厕所。”

“哎呀！真的吗？不要紧吧？都怪美娜一直倒酒……”

“从刚才就什么也没吃，一直灌酒，当然会不舒服！”

我听着背后传来的声音，直奔厕所。我一屁股坐在地上，双手环抱马桶张大嘴巴。虽然整个胃严重翻搅痉挛，却什么也吐不出来。

“呕！呕！”我试着发出声音，透明的液体顺着舌头滴落马桶。我用袖口擦嘴，用擦手纸拭泪，抬头正准备按下冲水阀，一个画框映入眼帘。

那是一幅稍微褪色的蜡笔画，画框里的表纸略显泛黄，也许是小光或美娜读幼儿园时画的吧？线条歪斜扭曲显得无力，但又随处可见用力的笔触，依稀可看出画的是女人的轮廓；红色线条拉到耳际，大概想描绘女人笑开的嘴吧！金头发，绿眼睛，轮廓又大又鲜明。

我筋疲力尽地瘫在马桶上仰望，那幅画像一头龇牙咧嘴、正俯视嘲笑我的怪兽。我再次把头埋进马桶，发出低沉的呕吐声。

呵呵呵！哈哈哈！真是的！呵呵呵！你真傻！哇哈哈！

笑声像一触即破的泡沫，轻轻地从门外飘进厕所。唾液再次从嘴里流进马桶，在水面上泛起阵阵涟漪。我注视着泛起的涟漪，聆听外面的声音。

光与暗

{ 儿子的秘密 }

我宁可因此减少寿命，也不愿在他们面前泄露自己和美园、“野猴”的事。

或让他们知道我在学校的事。

说了可能也没有人会相信，我早就不是处男！

面对学校荒诞的人和事，以及家里强加在我身上的沉重压力，我还能硬撑过来，全拜我早已不是处男所赐。

如果我还保持处男之身，说不定会是个相当悲惨的初中生。包括从一个班级蔓延成全年级对我的漠视；带着略显幼稚的恶意，测试同学情谊的秋季园游会；只重视个人本能的冬季马拉松大赛；还有我家那个压得人喘不过气来的家规。

就算遇到手持电锯的杀人狂魔，也决不能看对方一眼。我不明白这一切究竟为了什么，到底对我们有什么好处，总之，如果我还是个处男，还真不知道该如何对抗这一切。如果真是那样，我大概无法招架吧？也许早就被压垮了吧？或许会和姐姐那贫乏的想象一样，整天关在房里足不出户；也可能为了搅乱家中的气氛做出蠢事。

我在学校前面搭上公交车，一如往常坐在最后面的角落位子。十几个大声喧哗的学生也上了车，美园也在其中。美园走到车厢中央抓着吊环，忐忑不安地张望着，一看到我，立刻转头眺望着窗外。我也将视线从她身上移开，并从书包拿出“随身听”，里面的CD是我从姐姐的柜子随手拿来的。其实，我本来想听的是姐姐认为俗气的日本歌谣，但在这混杂吵闹的公交车上，声音会互相干扰，听日本歌谣的效果不好。如果是听那震耳吵闹的歌曲，只要将音量调大并闭上眼睛，公交车里挤满的学生服和喧哗声，就会自动消失无踪。这样，我就能一个人静静地待在黑暗里。

公交车塞满了十二到十八岁的孩子后，开动了。我闭上双眼，调大了音量，专注地听着怒吼的吉他、高低起伏的贝斯以及声嘶力竭的叫声。公交车的摇晃震动从屁股传了过来。我也感觉到了窗外的阳光照在我的右手上。

经过二十分钟左右的摇晃，公交车在大型购物中心前停下来。虽然学校禁止放学后在外面逗留，不过依然有三分之二的学生在这里下车。我也是其中之一。身穿深蓝色外套的学生朝不同的方向各自散去，看起来像极了四下窜开的怪虫子。我慢慢地走向大卖场，影子清晰地映照在一整片白瓷砖墙上。

美园以略快于我的步伐走在前面，她清晰的影子也在。因为还在“地雷区”，所以我们不敢打招呼。我们搭乘 Discovery Center 大卖场北侧的电扶梯直接上五楼，跨过挂着“非工作人员禁止进入”字样的横杆，爬上了楼梯，打开灰色单调的大门，来到了宽阔的楼顶。

只有从北侧电扶梯才能通往的楼顶，除了锁着配电盘的大柜子和巨大的空调室外机之外，不见人影。我曾经怀疑可能有员工躲在这里，可地上不但没有烟蒂，也看不到空饮料罐，看来，员工一定另有其他偷懒的地方。

美园靠在顶楼栏杆上向我招手。我们总算顺利通过“地雷区”，可以无拘无束地谈天说地了。

“京桥，园游会你要干吗？”我一走到美园身旁，她就坐在水泥地上，望着栏杆外问。

“我们班参加化装游行，不过，那天我说不定会请假。”

“对啊，初三的学生必须参加化装游行。我们班今年要卖咖啡，我要参加的。因为我要开占卜馆。虽然我不太想开，可是大家都求我呢。”

一听就知道是谎言，可是我什么也没说。

美园比我大一岁，是高一的学生。我们两个人都没有参加社团，而我们在整个年级里也都没有朋友。

“要算什么啊？”我问。

“前世。我也只会算前世啊！”她说。

美园住在我们社区的B栋302号。由于社区里念佼文馆学园的学生很少，因此，很久以前我就知道山下美园。我们常搭同一辆公交车上下学，自从我上了初一，我们也经常聊天，更重要的是，美园是我第一次发生性行为的对象。

刚上初二时，我第一次到美园家玩。她的父母每天都到半夜才回家，所以我从未在她家遇过她的父母。

我第一次去她家那天，简直兴奋到了极点，可不是为了发生亲密关系，而是发现她家和我家虽然在同一个社区，格局一模一样，装潢却迥然不同。我不是指东西乱摆、浴室发霉或脏盘子堆积如山这种不同，而是指装潢的独特，比如，壁纸的颜色和花样、光线照射的角度、太阳下山的景色、木质地板和地毯，等等。光是摆设不同，就让格局相同的房子像两个不同的世界，明明是邻居，却好像在不同的时空一样。

之后我又去了美园家几次，只为了想看她家。我不记得是在第几次去她家时，我们情不自禁地初尝禁果。我们并未相爱，只是两个人都急于要体验。美园也是第一次。一阵手忙脚乱之后，美园和我总算都不再是处女和处男。失去童贞的美园竟认为自己能看到前世，而不再是处男的我，也不再对生活感到绝望。

“听说在园游会前一晚举行的晚会里成为情侣的概率很高呢。不知道我和野崎有没有机会。”美园脱口而出。她一直单恋着高二的野崎寿也。

“你从前世里算不出来吗？”我问。

“当然算不出来。前世是过去的事，怎么看得到未来啊？”美园难掩落寞，额头抵着铁栏杆说。

我们谁也没再开口说话。我们蹲在地上双手抓着铁栏杆，各自眺望远方。几个并排的宾馆招牌显得碍眼突兀，旁边是高速公路。远处工厂的屋顶上，一根根烟囱冒出的烟，像是飘动的细致布匹。稍微移动视线，就能看到宽阔的农地，另一边是收割完的田地，几间房舍点缀其中。忽然在繁盛茂密的翠绿中看到一栋白色建筑物，是医院。在绵延不绝的农田中，就这样，突然冒出一栋既不搭调又突兀的高楼大厦。我的左手边，透着红晕的太阳就要下山了，将整个天际染成粉红色。室外空调机一直发出低沉的震动声。

Discovery Center 有特别为客人设计的楼顶空间。每到夏天，楼顶一角摇身一变为空中啤酒屋，里面有电玩机台和动物造型的摇摇车；在商店前面的长条凳与桌子的地方，正好可以眺望外面的景色，从那里看不到宾馆和高速公路，也看不到不断冒烟的工厂，当然也听不到空调的马达声。

“你看得到那边写着‘野猴’两个字吗？”我把手伸出栏杆，指着四方形建筑物上寒酸的霓虹灯问。

“看得到。”美园冷冷地回答。

“那天我和家教一起去过。”我说。

“真的吗？你终于和家教……你们究竟差几岁啊？”她叫着。

“不是，不是你想的那样！你知道吗？宾馆里面没有窗户！哦，是这样，我们去的那间有窗户，但全被涂黑了，看起来好像没有窗户。老师说宾馆的房间没有窗户，让我很想亲眼看看，于是拜托老师带我去了。喂，你看过没窗户的房间吗？”我说。

“什么？你们去宾馆却什么也没做，会不会很怪啊？是不是你有什么问题？”美园用肩膀轻轻推了我一下。

“我才不想和老师有什么关系！”我怀疑老师和爸爸之间可能有暧昧，“你是不是觉得没有窗户的房间一定又阴沉又潮湿？其实根本不是。不过房间的确看起来怪怪的，虽然不完全是窗户的缘故，可密闭的空间确实是主因呢。”

“京桥又在胡扯了。宾馆啊！如果我和野崎变成情侣，决不去宾馆，我要去更高雅浪漫的地方。”美园移开视线，不再盯着宾馆区。

她站起来说：“天气冷肚子就饿。喂，要不要去吃河童屋的拉面？凭优惠券一碗只要三百日元。”

“不好意思，我要去医院。”我也站起来，拍拍屁股。

“哼！无趣的家伙。算了，我先留着，等下次再用。”美园说完，露出牙龈笑了笑。

我们从灰色大门走进室内，在走下五楼的楼梯间，两人还低声谈笑着，然而一到五楼的“地雷区”，我们马上保持距离，假装互不认识，各自走到出口，朝公车站牌走去。美园走向开往社区的公车站牌前排队，我走到开往医院的公车站牌。

开往医院的公交车上并不拥挤。我坐在最后一排的角落看着窗外。日暮低垂，一路行经的田地和民宅，全笼罩在淡淡的藏青色里。田里不时可见广告看板耸立其间，在白色与橘色灯光的光与暗照映衬下，广告牌上浮现朦胧的荧光字幕和歌手的肖像。

虽然美园绝口不提，但我知道她在高一同学间的处境和我相似。两个不受欢迎的人如果在一起，显然会被加倍讨厌。一个意志消沉，另一个容易得意忘形；如果被人看到这两个不同届的学姐学弟手牵着手，肯定会引起公愤，招来更过分的欺负。所以我建议美园和我不要在人前有任何接触、说话，甚至还强调如果她和我在一起，可能也会被欺负。美园同意我的看法，因此我们在任何疑似有佼文馆学生出入的场所，决不交谈。

只有探病的人会搭上这个时段的这班公交车。坐在我前面的是个捧着花束的女士，斜前方是两个拿着蛋糕盒的年轻女子在低声交谈。车窗外的天色越来越暗，两相对照下，车里显得光亮刺眼。

公交车转了个大弯，停在医院前的广场上。广场周边有书店、便利店、花店和大众餐厅，显得明亮耀眼。这间医院和 Discovery Center 一样，都是突兀地矗立在民宅与田地间。我和其他几名乘客一起下车，走到连接广场的走廊里。

经过标示“门诊病人”的巨型大门，有个探病访客专用的自动门，我在柜台填写名字，领取识别证。在填写名字时，瞄了一下访客名单上是否有妈妈或姐姐的名字，但我没看到“京桥”的字样。

外婆生病住院前，我几乎不曾去医院，因此刚开始简直无法忍受医院里弥漫的那种混杂腐臭、清洁剂和点心香味的特殊味道，不过去了两三次之后也就习以为常了。其实医院也还不错嘛！我走进电梯，按下五楼的按钮时，和我同车的年轻女子也走进电梯，按了七楼的按钮。

我不明白自己为什么会被班上同学排挤，却对美园不受同学欢迎的原因了如指掌——那是前世占卜的缘故。从美园不再是处女那时起，她竟然认为自己看得到前世。她总是随身携带一个猫头般大小的水晶球，并从东南亚商店买香焚烧，最后居然自认能看到人们的前世。

起初美园受到大家的非常喜爱，她每天带着水晶球和香上学，甚至还有佼文馆的学生到我们社区找她。可惜半年后，大家认为美园的占卜根本是诈骗，而后她在学校就一直独来独往。有时候，我还会在她的蓝裙子或外套上看到白色的鞋印。

我们之间始终迸不出爱情的火花，因为美园另有心仪的人，而我觉得她很丑。虽然她常会答非所问，但不可否认，在偌大的校园里，美园是唯一愿意开口和我说话的人。

经过护理站，我直接走到518号病房前。从开着的房门朝里面看，外婆坐在病床上，和隔壁床的老人说话。

“啊，小光你来了！”我走到床边，她才发现我。

外婆正在哭。她从枕边的盒子抽出几张面纸擤鼻涕、擦眼泪，她说：“真不好意思，说起从前的往事，就掉眼泪了。”

“真是的，木崎太太真是多愁善感，这样您外孙会误以为我欺负您呢！是她自己哭的。”隔壁床的老太太说完就钻进被窝里，静静地读杂志。

“外婆，现在感觉怎样？”我把折叠椅放在床边坐下。

“我也没别的选择啊！每天只是一直检查检查检查。餐点又少，每天除了检查，也只能乖乖躺在床上。真是太瞧不起人了！”她说。

床边的移动式桌子上摆着茶杯、一个苹果，还有点心的餐饮包。

“你来干吗？”外婆忽然静下来，盯着我看。

“因为……顺路嘛。回去也没事啊！”我说。

“年纪轻轻的，怎么会没事呢？你啊，不用替我担心。我不会泄露你和那个笨女人的事，所以你不用这么在乎我。反正也不是什么大病，马上就可以出院了。”外婆说。

“不是这样啊！”我说。

和外婆说话，常常令人感到气馁沮丧。因为她的想法和对人的看法，总是严重扭曲，过于偏颇。

“小光，帮我去拿茶吧。去茶水间，请他们把茶倒进茶壶。须田太太，您要不要喝茶啊？这孩子会帮我们拿。”外婆说。

“不用不用。木崎太太，您有个好外孙，真幸福啊！”隔壁床的老太太说。

我拿着茶壶，走去护理站旁的茶水间，请值班护士帮我倒茶。到处都可以闻到医院特有的腐臭味和混杂其中的清洁剂的味道，尤其是厕所附近最浓。

生日餐会之后不久，外婆就住院了，不是因为摔跤或昏倒，而是因为喉咙有异物，赶到门诊检查，几次检查之后，医师怀疑是癌症，就在上周安排她住院。上星期日，我们全家一起来探病。

我拿着茶水，没有马上回外婆的病房，而是站在走道的窗前眺望远方。太阳早已下山，远方是一片大大小小的亮光，像是漂浮在海面上的渔船灯火，其实那是 Discovery Center、宾馆和高楼大厦的灯光。

想到能分别从 Discovery Center、医院和自己的家眺望远方，我竟有种成仙的感觉。这种感觉不是因为感到自己变得万能或幸福，而是因为我能放眼看到包括京桥一家人、美园、北野老师和居民有限的活动范围。我希望没有人脱逃；希望大家都能遵守规矩，站在自己的岗位上；期待大家专心过着卑微而一成不变的生活。如果老天爷真是以这种态度眷顾世间，我觉得老天爷的处境还真凄惨。

“她坚持不要麻醉。”晚餐时，妈妈自顾自地说。

爸爸则是看着电视，手上握着筷子，每隔几分钟就转换频道；姐姐仔细将炒猪肉片上的肥肉剔除掉。

妈妈把气泡酒倒进自己的玻璃杯，更大声地说：“不麻醉不就没办法开刀了？”

爸爸转到益智问答节目，就不再转了。

“土豆！”爸爸忽然大叫一声。节目里的来宾以一步之差回答“椰子”，结果响起答错的笛声。

“这个人真笨，谁都知道是土豆。”爸爸说。

“爸，8点可以转台吧？今天有我想看的‘未公开的灵异影像特集’。”姐姐的餐盘里剩下细条的肥肉。

“喂！你们也听听我说的啊！如果她不开刀，可就惨了，这么一来，不但要转院，可能还得寻求其他的治疗方式。”妈妈说完，将气泡酒一饮而尽。

餐桌上顿时一片静默，只有益智节目里的计时声回荡在整个屋内。

“详细的检查报告出来了吗？” 终于，爸爸低声响应妈妈。

“还没有。不过确实有个必须切除的肿瘤，所以才住院呀！虽然还不确定是不是恶性的，但总不能说是良性的，就立刻出院吧？妈这个人，又一再强调不打麻醉。”妈妈说。

我将桌上的空盘叠在一起，放到水槽里。站在厨房，隔着早餐吧台望去，爸爸正在看电视，姐姐用筷子拨弄肥肉，妈妈喝着气泡酒，落地窗上映照出一家人的身影，窗外开着缤纷的花朵。

妈妈忽然抬头看着我说：“小光，把冰箱的葡萄拿出来。”

我拿着装有黑色葡萄的盘子回到座位上。妈妈等我坐定后开口说：“我只是希望大家了解，今后无法像以前一样了。既然你们的外婆不想开刀，我们就要有长期抗战的心理准备，这么一来，我们的生活必然会受到影响。”

妈妈将气泡酒倒入玻璃杯，几乎已经没有气泡了。

“总之，我们只能等结果出来，依照外婆的意思，寻找开刀之外的其他治疗方式。首先我们要重新检讨的是关于零用钱的问题。美娜，你想不想打工呢？你们学校好像没有禁止学生打工哦。老公，我帮你做便当好不好？反正我也要做美娜和小光的便当，你也顺便带便当，怎么样？这样比较省钱。还有，小光，北野老师的课要继续吗？我希望稍微停一阵子，等外婆的事告一段落为止，就一下子而已。”

“怎么从麻醉又扯到钱的事呢？”姐姐不改平时高亢的声调喊着。

妈妈也不遑多让，拉高嗓门压过姐姐的声音：“妈妈这么说完全是出于好意！这件事当然会扯上钱啊！如果外婆住院的时间延长了，又拒绝开刀就能治疗，会导致医药费增加，而她的年金不够支付时，我们能不管吗？而且，如果我持续早退，工作迟早会不保，所以我们必须轮流送换洗衣服过去和照顾外婆。只要每人每周轮两次就行了，知道了吗？医院会客时间是下午2点到晚上8点。轮到自己当班的那天，不能去别的地方逗留，也不能事先跟朋友有约。这样对大家都很公平，没什么好抱怨的！”

“母后陛下伊丽莎白万岁！”我说。

我插嘴说出这句无心的话，是因为妈妈少见的绷紧神经、强势主导，不容我们提出异议的权威感，让我感到震慑。

这时，我脑袋里突然冒出俄国女皇的名字，几天前的历史课，才刚教女皇即位时发生的政变，我不由自主地脱口而出。

不料，妈妈忽然站了起来，嘴唇苍白、咬牙切齿，一脸肃杀地瞪着我："你是什么意思？"

妈妈声音低沉。如果我没听错，她的声音还微微地颤抖。

"嗯……是俄国女皇……嗯，是18世纪的……"我说。

"你是说我独裁吗？还是独断独行？"她说。

"不是。对不起，是课堂上说的。"我语无伦次地辩解着。

姐姐和爸爸一言不发，只是仰头看着妈妈。

妈妈睁大的眼睛隐隐含着泪水。我惊讶不已，却一句话也说不出来。

"随便你们！我一个人负责外婆的事就行。谁叫她是我母亲呢？不论手术、换洗衣服、医药费还是民间疗法，全都由我一个人张罗好了！"妈妈站着说。

姐姐用责备的眼神看着我。

"我没这么说啊！"爸爸说，"我是说等检查结果出来之后，大家再一起商量办法。你的母亲当然也是我们的家人啊！我们都会帮忙，只是现在有很多事还不确定嘛。"

刹那间，妈妈的脸像孩子似的撇向一边，随即离开餐桌，推开落地窗走去阳台。她背对着我们蹲在地上，专注地摘拈着花草。

不，我们被她蹲着的身体挡住了，根本就不知道她究竟是在摘拈花草还是整理或者是重新植种。

她的背影在湛蓝的夜空下微微地颤抖。

“小光快去道歉！你说得太过分了，害妈妈变成这样！”姐姐说完，在餐桌底下踹了我一脚。

爸爸叹了口气，又从冰箱拿出一瓶气泡酒。

“小光，趁现在赶快道歉！她那么固执，弄不好我们的零用钱会被扣！”姐姐说。

可是，我始终坐在位子上，隔着落地窗看着蹲在地上的妈妈。我看着妈妈微微颤抖的背影，竟然不觉得她在哭泣，反而认为她正在强忍着笑。

我觉得自己既不体贴，也不温柔。

毗连的大厦的窗户大多朝南开。所以从 Discovery Center 大卖场北侧楼顶可以看到大厦的窗户，但是从医院五楼，只看得到大厦大门那一侧。朝南面的全是窗户，朝北面的全是门，这个画面看上去怪诞奇异。

设计房子的人可能认为，一样大小的窗户，全部以相同的角度朝南面，采光会一样。等等，说不定这和风水或传统有关，也许自古就有南面开窗的习俗，只是课堂上没教罢了。再不然，也许只是单纯地认为，只要采光充足就能带来平和——至少看起来平和。

自从去过美园家，我就对这一点产生莫大的兴趣。只因虽然美园家和我家格局相同，里面的装潢风格却有天壤之别。我在惊讶中，从此产生了兴趣。

妈妈对坐北朝南的房子情有独钟。不论是新屋或中古屋（注：二平房）的平面隔间图，她总是看得津津有味。

“原来是朝北的房子，怪不得便宜。”

“哇，这间大又朝南，真气派！”

每次听妈妈这么说，让人不禁有种不能没有阳光的绿色植物的错觉。

假如妈妈去参观 Discovery Center 后面的样品屋，肯定会兴奋得惊呼连连。那些样品屋不但采光好，每栋都有间距，而且室内照明全开，里面更显得光亮。她一定没想到，这些建筑物盖在偏僻的地方，却又光亮醒目，是多么诡异的景象啊！

所以，“理所当然”的思考模式，虽然麻烦，却影响深远，不，就是因为影响深远所以才麻烦。

我从北野老师那里知道所谓的“黑暗神社”。那个神社位于东京邻近神奈川县，距离附近的车站约十分钟路程。打从知道这间神社以来，我就想亲眼目睹黑暗的“庐山真面目”，于是，在我支付来回车票的条件下，老师决定带我去参观。结果那天晚餐不但让老师破费，而且还因史无前例地晚归，惨遭妈妈训诫，连带给老师也添了麻烦。

可是，我很庆幸能亲身体验。

一楼是平凡无奇的神社，有捐献箱，也有垂绳和铃铛，不过，走进屋内有一段直通地底的阶梯。走下阶梯，就是所谓的“黑暗神社”。

里头黑暗无光，几乎伸手不见五指，就算将手指贴在鼻梁也一样看不清楚。黑暗中，一条弯曲狭窄的通道绵延不绝，我们扶着两侧墙壁前进。地下室可能是由岩石穿凿而成，岩壁触摸起来略为冰冷。走了好一阵子，眼前忽然豁然明朗。在岩石凹槽中，点了好几支蜡烛，照亮了一旁红色的牌坊。

穿过牌坊，四周又陷入一片漆黑。这是和宇宙相连的黑暗世界。

回程在涩谷吃炸猪排时，北野老师告诉我北欧有所谓的“光的教堂”。教堂里完全没有照明设备，屋顶是玻璃帷幕，屋内只有来自天窗的自然光，听说那个教堂也是凿穿岩壁建筑而成的。虽然我也想一睹“光的教堂”里自然光一泻而下的景致，不过当然不可能请老师带我出国。老师也没去过北欧一睹实景，她只去过关岛和澳洲。

“光的教堂”与“黑暗神社”；“光的教堂”视光为神圣，相反的，“黑暗神社”尊奉黑暗。

朝南的窗户，朝北的房间；无窗的房间，阳光普照的房间；社区里不见人影的公园，熙来攘往的 Discovery Center 广场。如果可以不管语文、数学，整天只要想着这些不知该有多好。朝北的房子、如同废墟的公寓、热带的建筑、寒带的庭园。我想看的可真多不胜数呢！

最后一次上课那天，北野老师两手提着塞得满满的纸袋过来。她坐在地板上，将纸袋里的图片集、杂志、书本、指南等全都摊在地上；有些纸张泛黄，有些封面几乎要脱落，也有崭新得像刚从书店买来的。

“我的专长是设计不是建筑，所以手边没什么有价值的数据。”北野老师随意翻开厚重的图片集说道。国外城镇的图片在她手中快速流逝。

“或许没有小光想看的那种书，不过有一些建筑物和公共设计的东西。像这本，就是介绍日本特别的建筑物，还有这一本，里面介绍许多教堂，所以我也一起带过来了。”她说。

透着湿气的书散了一地，有股难以形容的淡淡甜点香。这个味道仿佛飘在空中的微粒，始终无法融入我的房间。

“真不好意思，搬这些书过来很重吧？这么多书，全给我吗？”

“没关系。反正我最近要搬家，正想把不用的东西处理掉。本来想用快递送过来，不过运费要一千多日元，太浪费了。”她说。

“你可以用让对方付费的方式啊！”我说。

“没关系。小孩子说这种话，会让人不舒服啊！”北野老师说。

“对不起。”我说。

“不过这样也好，既然我已经把白天的工作辞了，除了来小光家，没理由继续留在这个城镇。我也不可能只靠家教的薪水过活。当然也不可能为了来小光家当家教，去便利店打工，赚那一点点生活费。这样有点七颠八倒呢。”北野老师说。

我抬起头，看着老师。

“是本末倒置。我故意说错！”老师笑了笑，然后看着窗外。

由于她专注地看着窗外，我也转头看着她看的方向，只见几条电线划破浅蓝色的寒空。我拉回视线，偷瞄注视窗外的老师。她一头红褐色长发，穿着满布皱褶的牛仔外套，淡粉红色的褶裙下，两只脚分别朝外弯成L形地坐在我对面。

这个人和爸爸之间是否有暧昧关系呢？说不定这种关系还持续着，只是我不知道而已。

由于每次和美园说话，我都必须瞻前顾后小心注意，所以那时候早就发现有个年轻女人经常出现在我眼前。我有严重被害妄想的倾向，刚开始还以为是同学为了搜集欺负我的情报，特别请他们的姐姐跟踪我。这附近的年轻人，要不是在 Discovery Center 打工，就是和身边的人谈恋爱，两者都不是的，当然闲得发慌，就算有人跟踪弟弟的同学也不足为奇。

当时，我为了甩开这个女人，和美园在楼顶相会，还真费尽心思。我在样品屋的展示区也见过她好几次。难道她没想过，在门可罗雀的地方跟踪人是很容易被发现吗？我故意跟她搭讪，没想到她竟然二话不说，愿意陪我逛样品屋，于是，我确定她不是同学的姐姐。如果是，想必拔腿就跑了吧。

这个女人不但没有跑，还用爸爸的名字“贵史”喊我。这就对了，虽然我没有确切的证据，不过一定八九不离十。当时我什么也没问，只觉得要先认识她。我和她成了朋友，托她的福，去了“黑暗神社”，也了解了“光的教堂”，更亲眼目睹宾馆房间里窗户涂黑的样子。

即使我们已经认识好几个月了，但我对北野三奈这个女人依然一无所知。我完全不了解她对事物的好恶和审美观。我挺喜欢北野老师，因此，每当我想到父亲也许已经彻底摧毁了她的某一部分，就毛骨悚然。

“老师，您要搬去东京吗？”

“也许吧！就算搬到东京，也一样无家可归，不过工作机会多，那里也有一些朋友。可是，如果付不起房租，也许会去其他二线城市。老实说，我也想去远方看看。”

“哪里都好吗？”

“嗯，我是无根的草。”

“老师，我们社区E栋有一间房子要卖。虽然不是边间，不过是一楼。我妈说非常便宜。广告上说，每个月贷款只要五千日元。”

“什么？要我买那间房子吗？为什么？”

“这样不就有根了吗？”

“你真呆啊！失业的人怎么可能买得起？何况像这种非得搭公交车才出得了门的地方，就算送我，我也不要。只有小孩子才会认为只要买房子就有家了！”老师伸直双脚，玩着右手指甲说。

老师一停止说话，房里立刻陷入寂静。

“你说要去远方，和我父亲有关吗？”我盯着杂志，不经意地说出一直深藏在心中的疑问。

“什么？你说什么？”北野老师表情温和地说。

她看着我吐了一下舌头。

“小光的父亲是老爷爷啊！像我这么年轻貌美的女子，怎么可能和那种潦倒乏味的中年男人……对不起，我忘了他是小光的爸爸。”老师笑了笑，“你看太多无聊的肥皂剧了！不过，你说的也不无可能呢。”

老师笑了好一阵子后，就沉默不语。我也不再说话。一道细长的阳光从云层间隙照了进来。

“从旁人的眼光看来，其实父亲并不像小孩所想的那么有本领和成熟。”北野老师盯着指甲，浅浅地笑着说。

说的也是，爸爸应该没本事摧毁一个女人。我对爸爸感到些许歉疚，因为我认为他既没本事，也不够成熟。

“啊！就是这个！”老师突然大喊一声，将上半身朝我靠过来，并指着我手上的那一页说，“这也是‘光的教堂’，是日本的教堂。我记得离这里还挺近的，好像是出自名家的设计，和北欧的教堂很不一样。”

我的视线缓缓落在手边的书本上，摊开在膝上的那一页一片漆黑，只有白色十字图案浮现在黑暗中。啊，那是个十字架！在无窗的建筑物墙面凿开一个十字形，当光线穿过十字架照射进来，就能在黑暗的室内浮现十字架的立体光影。我专注地看着照片。十字光影映照的地方，虽然光线昏暗，相较于周遭的黑暗是如此微弱，却代表和平、圣洁、庇佑，是个让人感到亲切的地方。

“老师——”我开口问。

“嗯？”老师抬起头来。

“老师，北欧的冬天很长，大多时候是寒冷阴暗，所以他们觉得光是神圣的。不过，在日本，一年四季光照充足，所以觉得黑暗是神圣的。寒带地区的人认为光照重要，温热带地方的人还必须特地制造无光的环境。人们崇拜当地缺少的东西，回避过多的东西。所以，你不觉得光亮和黑暗其实是一体两面的吗？既然这样，为什么说到住宅就只独尊光亮呢？”

老师木然地看着我。老师常常以这种表情回答我的问题。想必她是心不在焉，另有所思。

“老师……”我很想知道自己究竟想学的是什么，是区域与住家结构的问题？是有关全世界教堂建筑采光和黑暗的关系？还是关于集合住宅的新课题？或者只是我家的问题？我自己的问题？

“老师，很遗憾今天是最后一堂课。”我说。

“我会写电子邮件给你，又不是生离死别。”老师茫然地笑着回答我。

这时，从紧闭的房门外传来妈妈要我们过去喝茶的声音。

为了准备每年十一月举办的游园会，校园里弥漫着一股心浮气躁的气氛。但也通常是在这个季节里，我才能松一口气。因为全校都笼罩在骚动与喧闹、热衷于交男女朋友及展现友谊的热情游戏里，所以，班上同学没有人有兴趣去和一个手无寸铁的男生比试摔跤技能，或将他的东西藏起来、漠视他的存在、故意把他的课桌椅搬到走廊上。

在这段期间，我也得以和一般学生一样在校园里走动，不需整天提心吊胆。而心情也放松的美园，在走廊相遇时，竟然把我喊住。本来想视若无睹与她擦身而过，无奈被她抓住了手，我只好停下脚步。

“京桥，今天有空吗？”美园露出牙龈天真地笑着，就像在Discovery Center的楼顶上一样。

“五点半必须去医院，五点半之前没事。”医生要求，全部的家族成员今天到医院听报告，包括外婆的检查报告和今后治疗方向。

“今天大家要准备园游会的事，所以下午2点就放学了，陪我到5点就行。”美园说。

“可以呀，去楼顶吗？”说完，我四下张望。几个路过的初中部学生边走边打闹。从窗子看去，操场有几个高中部学生正在练习足球。

“没事！别紧张。”美园轻轻推我的肩膀说，“不是楼顶，是别的地方。有事拜托你。待会儿在公车站牌见。”美园只说了这些，就小碎步跑开了。

我再次环顾四周，装出“不是和高一女生说话，只是停下来观看足球练习”的样子，一脸心虚地朝美园离开的相反方向走去。午休结束的钟声响起，四周传来有如蜂群来袭般的震耳欲聋的声响。

回到教室，我暗暗想着究竟她要我帮什么忙，希望不是棘手的事。

几乎所有学生都会参加游园会，因此大部分学生都必须留在学校准备，所以公交车上空荡荡的。美园坐在我旁边，小声地反复说明，希望我能陪她去宾馆。美园似乎真的要在游园会上开占卜馆，所以希望在宾馆拿我当实验的对象。

“在你家不行吗？”由于不久前才刚去过宾馆，所以对里面的情况也略知一二，但我就是提不起劲和美园一起去，总觉得太过于直接。

“我家不行。家中的超意识念力会妨碍我作法，让我看不清楚。”美园说。

“念力是什么东西？”

“你真笨。你有你的前世，对不对？所以我的家就是源自我的前世，在这种地方，根本不可能客观地看见别人的前世啊！”美园一本正经地向我解释这难以理解的事。

“楼顶上也可以啊！那里没人。”

“楼顶不行，太吵了，而且大气中混杂了太多超意识念力，会让我没办法集中注意力。”美园说。

“啊？你说什么？”我说。

“你之前都不把这当一回事，不让我看你的前世。这回总可以帮我一个忙吧，这是我第一次粉墨登场呢！是第一次出场！说不定关系到我无可限量的未来呢！”美园激动地说。

“什么第一次出场……光是这种想法就令人不舒服。”

虽然我嘴里这么说，心中却闪过一个念头；对美园来说，班上同学让她在游园会上经营占卜馆，只要不是为了讥讽捉弄她，也许有机会让她重新被同学接受。如果能因此洗刷她爱诈骗的污名就好了。

于是，我们在 Discovery Center 前一站下车。在这宾馆林立的风化区，我和她之间隔了很远。不论是仿洋葱造型的清真寺建筑风格的“沙漠商队宾馆”，还是外观新颖的“瓦陶宾馆”，美园都觉得不错。

然而，我只想去“野猴”。因为我清楚“野猴”的入住和付款方式，而且从入口到房间的这一段路完全不会碰到任何人，更重要的是，“野猴”给人以开玩笑的感觉，不会让人想入非非，所以非常适合来做实验前世占卜的地方。

“嗯，‘野猴’也没关系。如果和野崎以外的男生到太时髦的宾馆，反而会玷污我的少女情怀，而且说不定我们又会情不自禁呢。在‘野猴’的话，因为名字太难听，反而不好意思越轨。就算是血气方刚的你，应该也不会在‘野猴’偷袭我吧？如果你不规矩，我会一辈子叫你‘野猴’哦！”美园说。

我们从无人柜台的自动贩卖机里取得房间钥匙，然后搭电梯上楼，并肩走在昏暗寂静的走道上。一路上，美园一直反复说这些事，看来她十分紧张。

打开505号房门，从茶几上拿起遥控器调节室内温度，接着打开电视，选了一个安全的电视台，之后我坐在沙发上，打开一包免费的薯片。

这个房间和上次那间的气氛完全不同。虽然我也略感紧张，不过还是尽量故作镇定，行为举止就像在自己家一样。美园依旧站在门口，我感受到她一脸崇拜地看着我，当然，她也可能只是目瞪口呆而已。

“有果汁，虽然要另外付费，不过价格公道。”美园听我说完，别扭地走到小冰箱旁，蹲下身来望着冰箱里。

“上床躺着吧！”吃掉大半袋薯片，喝了一整罐果汁后，美园恢复平静，颐指气使地命令我。

“要躺在床上吗？游园会的占卜馆不是在教室里吗？有地方让人躺着吗？”

“少啰唆！今天就是要实验这个。快去躺好！对了，把上衣脱掉！”美园说。

我听从指示脱掉上衣，重重地躺在蓝色条纹的床罩上，这时我才发现天花板上竟是一面镜子。我觉得耳朵有点刺痛。虽然镜子距离太远看不清楚，但说不定我已经面红耳赤了吧！

美园毫不在意地站在床边，把手放在我的额头和胃部。美园的手既干燥又温暖。她向上看了一眼，马上紧闭双眼。我忽然意识到不该偷看美园，于是继续盯着天花板上的我。

美园放在我的额头和胃部的手逐渐变得湿润。她柔软的手隔着衬衫放在我身上，手指插入我的发际数公分深。在这特别的氛围里，我的下半身逐渐不安分，只好回想今天教的数学方程式，并试着解题。

我记得题目是：Y和X^2等比例，如果X=3，则Y=18，请用X表示Y。所以，$Y=2X^2$，那么可知X由2变成4时的函数变化率。

我解不出来。一不留神，我就开始幻想猥亵的事，看来我应该把注意力放在别的地方。我突然发现这个房间没有窗户，连涂黑的窗户也没有。

宾馆里没有窗户，就算有也要伪装成没有，真不知是为了遮挡什么呢？除了光线和别人的视线之外，还能遮挡什么？难道也要遮去对外面的注意吗？如果这是我家，真不知道会变得怎样。这里不但没有窗户和餐桌，而且我们的一举一动全映照在天花板上。这么一来，“开诚布公、毫无保留”这个妈妈定下的家规自然也就用不上了。这里不但狭窄又有镜子，一切都无所遁逃。如果住在这里，我会过得比现在更开朗愉快吗？还是……

“在19世纪末叶的西班牙……”美园忽然用硬挤出来的声音喃喃说。

我转头一看，她双眼紧闭，皱眉蹙额。

“安达鲁西亚地区……地中海沿岸……”她断断续续地低声嘟囔，忽然睁大眼睛直视着我。

“你这种表演方式，会有反效果呢……”美园那副模样，比数学方程式更让人性欲全消。我压抑着心中的想象说。

然而美园一脸坚决的眼神示意我起来，并像溃堤般地滔滔不绝：“京桥前世是生长在贫穷渔夫家的绝世美女。虽然放任养育，听起来好像很开明，但你父母对你是完全放任的管教方式，你很早就嫁给了和你家一样穷的渔夫。你天生就是水性杨花，生了两个女儿，却不清楚是谁的孩子，因为你总是来者不拒。结果，在二十五岁那年，你抛夫弃子，和年轻画家私奔了，心中毫无罪恶感，也从不想念自己的孩子。后来那个画家受到贵族女儿的宠幸，把你抛弃了。没想到，你竟然恬不知耻，又跑回了家。”

说到这里，美园长长地叹了一口气，额头沁着汗水。我坐在床上，像被附身似的看着美园。

“可以移到沙发上吗？”美园的声音变得像中年女人。

我当然唯命是从。

我坐到沙发上。美园闭着眼睛站在我面前，一手贴着我的额头，另一只手放在我的胃部，口中念念有词，以顺时钟的方向绕着我转圈子。

她绕到我背后时，胸部碰到我的肩膀，可是这次我却毫无感觉。这不只是姿势的关系，而是我一想起美园梦魇般的说话模样，就倒尽胃口，完全提不起劲。

“京桥，谢谢！没问题，实验成功了！”我坐在沙发上，不知隔了多久，美园突然睁开眼睛说。

我的汗水从她触碰的额头上滴下，衬衫腹部的地方被热气闷得黏在身上。

我站起来，去冰箱拿了一罐百事可乐，自顾自地喝着。

“你们要躺下来，我才看得到你们的前世，就像京桥说的，在小房间里根本就不可能做这个实验，那么就得向保健室借场地了。所以我只好请你坐在椅子上，让我实验练习一下，结果没问题啊！不论是躺着还是坐着，我都可以清楚地看到前世的影像。”美园说。

“我的前世似乎很悲惨。”我用手抹了抹嘴角。

“大家都差不多。我也一样。其实都是因为前世的问题无法解决，才会轮回到这一世。”美园得意扬扬地说着，并站着吃起了薯片。

“美园你的前世呢？”

“我早就告诉过你，可是那时京桥一副兴趣缺缺的样子，把我的话当耳边风。”美园说。

我好像听她说过她自己的前世，却没什么印象。老实说，我的确没兴趣。

“到底是什么？什么安达鲁西亚、贫穷、水性杨花，我为什么会这样啊？”

“咦，你不明白吗？前世抚养你的双亲，就是你现在的爷爷奶奶。当时你生的两个小孩，转世成了你现在的外婆和妈妈。妈妈是长女，外婆是次女。这两个孩子长久以来缺乏母爱，在成长的过程中彼此憎恨。你的丈夫，只是个单纯迟钝的烂好人，他……就是你现在的父亲。那个居无定所、生性放荡和你私奔的画家，可能就是那个家教。京桥，你不是常常要帮忙做家事吗，还必须经常绷紧神经、小心翼翼，而且还得照顾别人，这都是你前世种下的因。因为你当时既无情无义又不知羞耻，带给身边的人很多麻烦，所以现在因果轮回，你必须为此付出代价。”美园站在电视机前侃侃而谈。

说完，她叹了一口气，从冰箱拿出一瓶矿泉水，一口气喝掉半瓶。

“然后呢？”我问。

“什么然后呢？就这样啊！”她说。

“我是说，将来我会怎么样？”

“京桥，我告诉你，这不是看手相，也不是塔罗牌占卜。这是看过去，不是看未来！”美园说。

“知道过去有什么用？就算知道现在的家人就是我前世的家人又有什么用？水性杨花的我就算和家教私奔，跟现在又有什么关系呢？还有，今天我外婆的检查报告就要出来了，和这也有关系吗？”我说。

这只是我单纯的疑问，和信与不信没关系。即使我在今生知道前世是19世纪安达鲁西亚的一个水性杨花的女人，又有什么用呢？

然而，美园听了怒不可遏，大发雷霆：“你是笨蛋啊？你知道什么是前世吗？你知不知道有前世才有今生？前世没完成或没做的事，必须在今生完成。这没什么道理可说的！你前世给太多人添了麻烦，所以现在必须还前世的债，消你的业障。”

美园愤愤不平地说着，几乎快掉眼泪了。她把脸撇向一边，喝光矿泉水。

在美园身上，我看到妈妈那天的身影，让我越发厌恶自己。我很想问美园，像我这种不会设身处地为人着想，只会捉弄伤害别人又无动于衷的个性，是否和安达鲁西亚那个水性杨花的女人有关呢？可是我担心这么一问，会更刺激美园，只好闭上嘴，点头表示同意。

医院护理站旁的备服室里面有个房间。我们被带进这个杂乱无章、有个白板和白色大桌子的房间。在一角的旋转办公椅上，堆了几本漫画，白袍随意挂在椅背上；垃圾桶里堆满零食空袋和卫生纸，写满了字的便条纸，杂乱地散放在窗边的空调机台上。里面有一扇小窗，但是窗户并不透光，因为上面涂了一层深蓝色的漆。

一位高个子、戴无框眼镜、皮肤白皙的年轻医师，向我们说明这几天来的检查结果。我趁着空当，对着围在白桌子旁的家人脸上打量。妈妈睁大眼睛专心听医师说明；爸爸双手抱在胸前，眼睛朝上看，一副若有所思的样子；姐姐嘴巴微开，一手托着腮帮子；还有西装笔挺，一表人才，长相和妈妈“南辕北辙”的舅舅，以及穿着黑色开襟毛线外套，头发梳成髻，一脸神经质的舅妈。

由于时间太久了，我完全不记得最后一次和舅舅碰面是什么时候，所以我当然会觉得他们在场是件极不寻常的事。不过，仔细系上领带的爸爸和身穿淡粉红色套装的妈妈，一如参加“亲师恳谈会”似的，与此刻很不协调，让我感到很陌生。这虚幻不实的画面，像极了在拍连续剧。

“大多数人往往闻癌色变，所以我话说在前面，其实木崎女士没什么大问题。甲状腺癌分两种，其中一种是比较麻烦的未分化癌，就像个调皮捣蛋鬼一样，无法掌握它的增长速度，要非常小心注意；木崎女士的情况呢，属于分化癌，增长速度非常缓慢，我们可以掌握它的变化。”医生说。

“我爸爸曾是江户时代的城主。”这时，我猛然想起美园告诉我她自己的前世。她爸爸是个贪婪无道的城主，每年都向老百姓强取供品，结果引起一个庄稼头子带头反抗，带头的人就是她妈妈。前世没有男女的限制。

“我想跟各位说明甲状腺癌的情形，木崎女士得的是乳突癌。”医师在白板上画着图，“我画得不太好，哈哈！这是喉头，这是气管，这有锁骨……吊在这里的蝶形组织就是甲状腺，会分泌荷尔蒙。”

“那个庄稼头子孔武有力，也很有领导能力，但是脑子不好。当时做他军师的年轻男子，就是我妈妈现在的情人，是她想再嫁的对象。之前跟你提过吧？就是那个在超市工作的男人，他有时候会带快过期的点心来我家。”美园说。

“这种癌大部分可以和病人终其一生和平共处。临床上，有不少病人是得了其他的病，治病期间，才发现原来还有甲状腺癌。

木崎女士的癌细胞生长速度非常缓慢，所以目前不急着开刀治疗。如果开刀，就会切除这个淋巴结，之后就必须每天服用荷尔蒙制剂。”医生说。

“庄稼头子靠年轻男子的帮忙，发动了农民起义，将城主乱刀砍死。起义事件结束后，城主的太太自然无法留在城里，于是走避山里隐居。结果天神下凡，训令神谕，于是城主的太太下山来，改名换姓，成了新兴宗教的教主，那就是我。”美园说。

“万一，手术切除后还有癌细胞残留，我们会投以甲状腺荷尔蒙制剂，让癌细胞误以为荷尔蒙分泌旺盛，就能防止癌细胞增生。”医生说。

美园的父亲在她念小学时离家出走，但偶尔会突然回家。开服饰店的美园妈妈，结识了新情人，早想赶快离婚和这个男人结婚，可美园的爸爸总是置之不理。这是这一世的事。

“以上是我的说明。虽然问题不大，但也没必要好好地留着，何况木崎女士也希望切除，所以，现在应该是开刀切除的好时机。”医生说。

“什么？”妈妈大叫一声，刹那间白色小房间里好像震动了一下。大家全都看着妈妈。

“是她本人说要开刀的吗？”妈妈问。

“前几天我们已经沟通过了。至于手术日期，17号可以吗？具体时间可能会有变动，不过先暂订中午过后。手术大概要两小时，最多三小时。希望这段期间，能有一位家属留在医院。接下来，我来说明手术的方式。”医生说。

“嗯，请问……”妈妈又再次打岔。

爸爸和舅舅以责怪的眼神看着妈妈，但她全然不知。其实她本来就没注意我们。

“她一直坚持不打麻醉啊！所以我还以为，我们只能任凭癌细胞转移或扩散。”妈妈说。

“啊，您是说麻醉这件事啊！”医生微微笑了笑，用食指将鼻梁上的眼镜向上推了推。

“木崎女士好像一直很担心，她怕打了麻醉药之后，会在各位面前说出不该说的话。她以前看过一本书，主角担心在意识不清的情况下说出秘密，所以只好不打麻醉药直接手术……她很怕自己在无意识的状态下胡言乱语。我不太清楚，也许是她以前读的小说，或没有医学根据的老旧侦探小说里的故事吧。总之，我们并不是要让她喝‘自白药水’呢。”医生笑了笑，爸爸和舅舅也相视而笑。

“……有关麻醉的问题，大家都应该了解了。正如刚才的说明，这种癌没有转移的问题，也不会突然快速增生。”医师背对着我们，擦掉白板上的说明图。

“秘密？她是说因为有秘密，所以不愿意麻醉吗？”妈妈的上半身几乎整个趴到桌面上。

医生被她那突如其来又歇斯底里的音调吓得肩膀一震，转过头来，一只手在鼻子前左右摆动。

“不是不是。她没说有事隐瞒家人，只是不喜欢节外生枝……怕自己在无意识的状态下胡言乱语。自己说的话事后却不记得，真的很糟糕呢。我有时酒喝多了也会这样，真伤脑筋。那么，嗯，就定在这一天开刀……如果有任何问题，请和护理站联络。今天的说明就到这里，谢谢各位。”医师用食指将眼镜向上推，一边说着，一边急着打开了小房间的门。

我们只好跟着走出去。妈妈却一动也不动，眼神呆滞地直视前方，口中念念有词。

爸爸扶着妈妈，和我们一起走出备服室，来到病房的走道上。舅舅和舅妈说要去探视外婆，先行离去，我们继续待在走道的尽头。

“我们也去露个脸吧？”爸爸问。

“我不去。你们去吧！”妈妈倚着墙说。

爸爸和姐姐使了个眼色，朝病房走去，我也跟在后面，但没走几步，我又停下来回头看着妈妈。

如果麻醉真如外婆所说的，具有自白的作用，我可以不假思索地接受手术吗？既然我没胆量不打麻醉药就直接开刀，我也许会断然拒绝手术吧。我宁可因此减少寿命，也不愿在他们面前泄露自己和美园、“野猴”的事，或让他们知道我在学校的事。如果从打麻醉药到苏醒的这段时间，没有任何亲人在旁边，那就没问题。这样就不用担心自己会说出什么。我不在意是否被医护人员听到。

说来也奇怪，只有一个人的时候，是没有“秘密”这回事的，然而一旦有别人在，就有了非隐瞒不可的秘密。假设我误杀了人，也许我会对家人透露。如果我真的不想被抓，或许只会偷偷告诉家人，并哭着哀求他们给予藏匿庇护。

妈妈始终背靠着墙，木然地望着护理站。我看着她，心中想起自认是“无根草”的北野老师；我深切渴望能和过去一样，和她并肩坐在我的房间里聊天。要是我说“光亮与黑暗是一体两面，就像家族之间的关系”，北野老师一定会望着天空，轻声地说“小孩子真单纯”吧。

“小光，你不进去吗？”姐姐看过外婆之后，走出来，用手指戳着我的手肘说。

“今天就不去了。反正上次看过了，而且下次就轮到我来医院。”我说。

舅舅、舅妈和爸爸走了出来，我们一群人一起向电梯走去。位于病房与电梯之间的是休息大厅，中央摆了几排椅子和电视机。屏幕上正在播放新闻，音量开得很大。几个人背对着电视，坐在一排椅子的一角。我感到不对劲，发现他们全在低声啜泣；一对中年夫妻和三名年轻男女，其中一人还抱着婴儿。他们像冬天里依偎取暖的麻雀，挤在一起哭泣。只有婴儿满脸笑容地看着我们。

趁等电梯的空当，我们偷偷瞄着那几个人。大家都静默不语。

“坚持不打麻醉，竟然只是因为这样！”进了电梯，爸爸一派轻松地说。

“她有什么难言之隐吗？”舅妈金属般的嗓音，既高又尖锐。

“谁知道！人活了将近七十年，总会有些有的没的的事。我们家从以前就乱七八糟的，事情就更多了。绘里子，你应该知道她不想让人知道的事吧？你们感情一直都很好啊。”舅舅说。

听了舅舅的话，原本注视着前方的妈妈，忽然睁大眼睛转过头来。她说：“什么？什么意思？”

电梯在三楼停下来，接着电梯门开了，却没有人进来。姐姐按下关门的按钮，电梯门又关上。

“你们以前就很要好啊。”舅舅说。

妈妈不以为然地瞪着舅舅。

舅舅双手插进裤袋，面无表情地看着楼层亮灯说：“直到现在，她开口闭口也都是说你的事。你买了哪里的点心啦，送她花苗啦……嗯，她以前就这样。”

“啊？”妈妈说。

“既然你们常常碰面又无话不说，就算你没问，应该也猜得到她的难言之隐呀！”舅舅说。

“嗯……我……”

妈妈和舅舅面对面站着。我偷瞄妈妈一眼，发现她根本没在看舅舅，她的眼睛看着舅舅背后，游移不定。她的嘴巴轻轻地嚅动，似乎在寻找着合适的词句。

电梯里异常安静。

“而且……”

舅舅才开口，爸爸就突然大叫一声：“小光！”

我们像被吸附过去似的，都看着爸爸。

“小光是在这里出生的啊！这么说来，你的生日不就是下个月了？”为了顺利转移话题，爸爸整张脸堆满了不自然的笑容。

“小光几岁了？”舅妈笑着问我。看来是成功地转移话题了。

“十五岁喽！也难怪我们都老了，那个小不点竟然已经十五岁了。”爸爸极力找着话题，和舅妈热络地聊着。

“那我呢？”美娜问。

“美娜出生时，医院好像还没盖好，对不对？妈妈。”爸爸说。

妈妈依旧茫然地和舅舅面对面站着，仿佛没听到爸爸的话。

电梯到了一楼，我们和正要搭乘电梯的人群擦肩而过，走出方形的电梯箱外。我们各自交回挂在胸前的识别证，走出医院。在深靛色的夜空里，停在出租车招呼站的排班出租车亮着红色的空车标志。

“我们自己开车来的，下次再聊吧。”舅舅说，一边向爸爸深深鞠躬。

“绘里子，17号的事，我们再电话联络吧。”舅妈向我和姐姐轻轻挥手。

他们两人紧紧相依，走下了斜坡，朝停车场走去。

我们目送他们离去。爸爸突然以轻蔑不屑的口气说：“一般开车的人不是都会请人搭便车吗？他们还真讨人厌啊！”

“我快饿昏了！我们去 Discovery Center 吃晚餐好不好？”姐姐看看爸爸又看看妈妈，挽起了妈妈的手，大声地嚷嚷。

妈妈慢慢转过去看着姐姐，轻轻叹了一声：“说的也是。”

“喂，美园。”

正当大伙儿朝公车站牌走去，一路上热烈讨论要去牛角吃烧肉还是去 Saizeria“萨莉亚”吃意大利面时，我只是跟在他们后面，心里默默地和美园说话。

“美园，可能真有前世呢！别误会，我可不是囫囵吞枣、随随便便就相信我是安达鲁西亚那个淫乱的女人，你是江户时代狂热教派的始祖。其实不管我们前世是谁，在哪个时代，哪个地方，一定也和现在一样，必须与人群居。

“因为，我们没有憎恨任何人，却很自然地知道憎恨的感觉；我们也不特别寂寞，却知道寂寞的感觉。你想想看，到目前为止，我只知道这个渺小的城镇、渺小的社区和我那渺小的家。因此这些憎恨和寂寞的感觉，想必是从安达鲁西亚轮回而来的。”

“小光，公交车来了！快点！”我听到姐姐的喊叫声，抬头一看，只见爸爸站在车牌那里朝我大大地挥动手臂。他身后停着一辆公交车，标示目的地的字样上打着白色灯光。

我飞奔过去跳上车子。乘客就只有我们四个人。大家各自找位子坐下，这时，车门发出声响关上，公交车安静地开动了。

“前世债现世还”，这一定是美园自己的想法。身边有太多不公平的事，所以必须给个理由才能让自己认命。不过我觉得这个想法很好。依照美园的说法，就算步伐缓慢，但我们终将一步一步地逐渐往好的方向迈进。

至少，今后我的人生，一定不会比安达鲁西亚那个水性杨花的女人悲惨。美园也必定能找到比山上那个神谕附身的女人更好的工作。

我们各自敞开来坐，随意望着窗外。公交车的车头灯照亮周遭的黑暗，载着我们前进。原本打算明天到 Discovery Center 楼顶，把刚才的想法告诉美园，可是，我马上打消了这个念头，决定还是不说的好。

我将额头贴靠着车窗，感到一阵冰凉。远方天际，椭圆的明月绽放黄色的光芒，仿佛是夜空中的一盏灯，这个景象突然唤起我的记忆，不是在前世的安达鲁西亚而是在今世，在这个城镇看过的景象；记得那时，爸爸从右边、小小的美娜从左边探头窥探躺在妈妈怀里的我，我在妈妈怀里一边感受公交车的摇晃，同时也看到和今天一样的月色。

我转过头去，原本各自看着窗外的家人也不约而同转头看着我。我们四个人彼此环视、微微地笑着，仿佛碰巧全都沉浸在相同的回忆里。不一会儿，大家嘴角带着暧昧的笑意，又各自转过头去，随意张望。

皎洁的月亮，似乎在公交车后方紧追不舍，在我们头顶上的天空绽放着黄色的光芒。

图书在版编目（CIP）数据

空中庭园 / (日) 角田光代著；钟蕙淳译. ——长沙：湖南文艺出版社，2010.9
ISBN 978-7-5404-4625-3

Ⅰ.①空… Ⅱ.①角… ②钟… Ⅲ.①长篇小说—日本—现代 Ⅳ.①I313.45

中国版本图书馆CIP数据核字(2010)第172274号

著作权合同登记号：图字18-2010-175
上架建议：畅销书·外国文学

空中庭园

著　　者：［日］角田光代
译　　者：钟蕙淳
出 版 人：刘清华
责任编辑：易　见
策划编辑：吴成玮　薛　婷
版权编辑：李彩萍
版式设计：利　锐
封面设计：刘宇霞
出版发行：湖南文艺出版社
（长沙市雨花区东二环一段508号　邮编：410014）
网　　址：www.hnwy.net
印　　刷：北京京都六环印刷厂
经　　销：新华书店
开　　本：880×1230　1/32
字　　数：200 千字
印　　张：7.5
版　　次：2010 年 9月第 1 版
印　　次：2010 年9月第 1 次印刷
书　　号：ISBN 978-7-5404-4625-3
定　　价：25.00 元

（若有质量问题，请直接与本社出版科联系调换）

博集外国文学馆

《天堂可以等》
江苏文艺出版社
ISBN：9787539937755/开本：32开/定价：26.80元
人世间，多久没有如此感人肺腑的爱了？
欧美言情天后凯莉·泰勒谱写纯爱新经典，超越生死的爱情传奇！
2009年度英国最佳图书，亚马逊五星级好书！
最精彩浪漫的故事、最情深刻骨的爱情、最超值的阅读体验！
两个月售出9国版权，万千读者为之潸然泪下！

《44号孩子》
江苏文艺出版社
ISBN：9787539937946
开本：32开/定价：29.80元
前苏联的残酷往事，人性扭曲的“十年浩劫”
横扫欧美亚20国畅销小说榜
一个令人毛骨悚然的时代，关于爱情与家庭、希望与信仰的生死救赎

《沉默之心》
江苏文艺出版社
ISBN：9787539938318
开本：32开/定价：28.00元
加拿大ARTHUR ELLIS大奖得主、脑神经科医生挑战人性的颠覆之作。
无法言说之痛，无法理解之惑，让全世界都屏住呼吸而沉默。

《没有悲伤的城市》
陕西师范大学出版社
ISBN：9787561347676
开本：32开/定价：25.00元
关于爱、友情以及永不磨灭的信仰！本书足以改变读者一生心灵，全球读者口耳相传，渴望与最爱的人分享！

《少年罗比的秘境之旅》
江苏文艺出版社
ISBN：9787539937328
开本：32开/定价：25.00元
“一个男孩要走多少路，才能被称为男人？
最冷酷的世界与最温暖的人性，最伟大的爱情与救赎。

《书中谜》
陕西师范大学出版社
ISBN：9787561347850
开本：32开/定价：29.80元
书籍是欲望的源泉。
每个人终其一生，都在追寻一个魅影。

《第八日的蝉》
江苏文艺出版社
ISBN：9787539934310
开本：32开/定价：24.80元
有“幸”活到第八日的蝉，是悲？是喜？如果我努力活着，上帝应该不会嫌弃我吧？